偽りの花嫁は貴公子の腕の中に落ちる

登場人物紹介
Main Characters

エミリー
ロベルトの愛人。もともとは伯爵家の使用人の娘だった。
エリゼル王太子
ロベルトの幼なじみ。庶民の愛人をもつロベルトを心配している。
ロベルト・クレスト
国境近くに領地を持つ伯爵家の当主。愛人がおり、彼女以外との結婚は望んでいない。
マーク・エリオット
チェルトベリー子爵領で、ジュリアの副官だった青年。ジュリアとは気心の知れた仲。

プロローグ

教会の鐘《かね》がなる。

王太子殿下の命によって結ばれた二人の結婚式が、今まさしく、始まろうとしていた。式がとり行《おこな》われる教会は、王都からかなり離れた場所にある。それにもかかわらず、二人を一目見ようと、煌《きら》びやかに着飾った客がどっと詰めかけていた。

期待が最高潮に高まるなか、美しいオルガンの音色とともに礼拝堂の扉が大きく開く。そこに純白の婚礼衣装に身を包んだ花嫁が姿を現し、父親と思しき男性の手をとって赤い絨毯《じゅうたん》の上をしずしずと歩きはじめた。花嫁の顔を覆い隠すベールがゆっくりと揺れる。

花嫁の頬は希望に染まり、幸せそうな笑みが溢《あふ》れんばかりに浮かんでいる……はずなのに、この花嫁ときたら、がっくりと気落ちした様子を隠そうともせず、まるで戦《いくさ》に負けたかのように肩を落としている。

彼女を包んでいるベールですら悲しげに見えるのはどうしてなのか。

そう。今ここで花嫁であるジュリアは、心のなかでは、こう叫んでいたのである。

（……一体どうしてこうなった！）

ジュリア・フォルティス、チェルトベリー子爵領騎士団長。

それが花嫁の名前と役職だ。

否、名前であった、と過去形で表現するのが正しいかもしれない。

何故なら、今、ジュリアは、ソフィー・チェルトベリーの身代わりとして、とある男のもとに嫁《とつ》がされようとしているからである。

一度も会ったことのない男、ロベルト・クレスト伯爵のもとに。

（……何故私が！　見知らぬ男に嫁《とつ》がなくてはいけないのか……しかも、ソフィーの替え玉としてなんて！）

世のなかは理不尽なことで満ちているのをジュリアは知っている。

けれども、この理不尽さはあんまりじゃなかろうか。

クレスト伯爵家に嫁《とつ》ぐ前に、叔父であるチェルトベリー子爵からこう告げられていた。

――花婿となるロベルト・クレスト伯爵には、すでに溺愛している愛人がいる、と。

チェルトベリー子爵令嬢であるソフィー・チェルトベリーは、王家によって結婚を命じられた。

そして、その相手がクレスト伯爵だったわけだ。

さらに、当の花婿は遠征に出向いていて不在ときた。

まだ嫁《とつ》いでもいないというのに、夫となる人からすでに疎《うと》まれている。おまけに花婿不在のまま、ただ一人で婚礼の祭壇に立たねばならない屈辱を、ジュリアは甘受しなくてはならないわけだ。

事の成り行きに釈然としない気持ちを抱えていたとしても、今ジュリアは、花嫁衣装を着て、祭壇に続く赤い絨毯《じゅうたん》の上に立っている。

少しでも前向きになろうと思いなおし、ジュリアは頭をしっかりと上げて正面を見据えた。すると真っすぐ延びた絨毯《じゅうたん》の先に、一人の背の高い男性が立っているのが見えた。その人は、ジュリアの到着を待っているかのように見える。

(……あれは一体、誰なのかしら？)

司祭とともにいるのだから、普通なら花婿と思うだろう。けれど当の本人のクレスト伯爵は前線にいて不在のはずだ。

クレスト伯爵が親切心をおこして、哀れな花嫁のために式に間に合うように帰って来てくれたのだろうか？　この人が自分の夫となる人なのかもしれないと、ジュリアがドキドキしながら祭壇の前に到着すると、その男性はくるりと振り返り、ジュリアを見つめた。

「初めてお目にかかります」

男の端整な顔立ちに、優しげな微笑みが浮かぶ。

それはジュリアが今まで一度も見たことのない上品な雰囲気を纏《まと》う人だった。

黒い髪をなでつけた額《ひたい》は広く、グレーの瞳は知的で、もの静かな空気を漂わせている。その佇《たたず》まいだけで、彼はかなり地位の高い人だろうと察することができた。

「貴方は……？」

ジュリアが戸惑いがちに声をかけると、品のよい漆黒の婚礼衣装に身を包んだ男は、花嫁の前で、優雅な所作で片膝をついた。そして、まるで大切なものでも扱うように、ジュリアのシルクの手袋に包まれた手をそっと取った。

「私は、ジョルジュ・ガルバーニ公爵と申します。以後お見知りおきを」

上目遣いに自分を見つめる彼の眼差しは熱く、次の瞬間、ジュリアが感じたのは、彼の唇の感触だった。

優雅に手の甲に口付けられ、びっくりしすぎて息が止まる。公爵は口の端に微《かす》かな笑みを浮かべた。

——なんて素敵な人なのだろう。

胸がドキドキと強く脈打つ。

異性を見て、心がときめくような体験をジュリアはしたことがない。ジュリアが真っ赤になって震えながら彼の瞳をじっと見つめていると、彼もまた熱い視線でジュリアをじっと覗き込んだ。

ジュリアは、その後何十年も、そのときの気持ちを決して忘れなかった。

ジョルジュ・フランシス・ガルバーニ公爵。

彼こそが、生涯をかけて愛する唯一の人だった——

第一章

結婚式より遡《さかのぼ》ること数日。

「お前ら、そんなことで敵とまともに戦えると思うな！　鍛《きた》え方が足りん！」

チェルトベリー子爵領にある闘技場の中央で、ジュリア・フォルティス騎士団長は、湖のように青く澄みきった瞳を鋭く光らせながら、兵士たちの一挙一動を見ていた。

無造作にうなじで一つにまとめられた亜麻色の長い髪が、ジュリアが動く度にゆらゆらと揺れる。

ほっそりとした顔立ちに、ぱっちりとした青い瞳は、否応《いやおう》なく男たちの目を惹《ひ》くはずなのだが、今目の前にいる男たちは、ジュリアへ尊敬と畏怖《いふ》のまじった視線を向けるだけだ。

「ダメだ。もう一度やりなおし！」

太陽がジリジリと照りつけるなか、ジュリアの命令どおり男たちは剣を振るい、厳しい訓練に耐え忍ぶ。彼らの首筋から汗のしずくがぽたりと落ち、地面に丸いシミを作った。

訓練は厳しく、まだ終わりそうにない。

もし、ジュリアが優しげな微笑みを浮かべれば、男たちは即座に彼女に魅了されるのに、今のところ――いや、ずっと前から、ジュリアはそんなことにはみじんも興味がなかった。ジュリアは恋などとは無縁の生活を続けている。

「相変わらず容赦がないな、鬼教官」

ジュリアの隣にやってきた副官のマークが、くすくすと笑いながら言った。男爵家の三男坊の彼とジュリアは士官学校からのつきあいで、気心も知れている。

「このくらいで弱音を吐くなら、使いものにならないからな」

ジュリアはにやりと好戦的な笑みを浮かべた。

「全く、だんだん父君に似てくるな」

ため息まじりのマークの言葉に、ジュリアは軽く頷く。

「まあ……な」

ジュリアの父であるマクナム伯爵は、王宮の騎士団長まで登りつめた人物だ。ジュリアがまだ小さいころに亡くなったと聞く。

彼女は本来は伯爵令嬢であるはずだったが、現実はそうなれない理由があった。

――庶子だったのである。

両親の関係がどうだったのか、母に直接聞いたことはない。ただ、ジュリアは物心つく前から、薬師であった母と平民として二人きりで暮らしてきたし、父親とは会ったこともない。

ぜいたくこそできないものの、つつましく母子二人で生活していたジュリアを、ある冬の日、不幸が襲った。母親が突然、流行病《はやりやまい》で亡くなったのだ。それからほどなくして、父親の代理人を名乗る人物がジュリアを引き取りに来た。

「私は父の顔を……知らないのだ」

ジュリアは、新兵を見つめながら低い声で言った。

「ああ、そうだったな」

ジュリアを後見してくれたのは、ジュリアの父の弟だった。叔父となる彼は、このチェルトベリーを治める子爵だ。

叔父によると、軍人であった父は婚約者がいたにもかかわらず、ジュリアの母に一目惚れし、駆け落ちしようとしたらしい。そのときに、母はジュリアを身ごもったようだ。

子爵領のなかでも限られた人間しか、ジュリアがマクナム伯爵の娘であることを知らない。それについては、厳しく箝口令《かんこうれい》が敷かれているようだった。まあ、婚外子なんて所詮そんなものだろうと、ジュリアも全く気にしてはいない。

引き取られたジュリアは、剣を与えられ、格闘技を学ばされた。貴族令嬢としてジュリアを育てる考えは、後見人である叔父には全くなかったらしい。

――父と同じ血が、体に流れているためか。ジュリアは司官学校時代からメキメキと頭角を現し、今となってはチェルトベリー子爵領になくてはならない存在となっている。

「そういえば、領主殿がお前のことを探してたぞ」

「訓練中なのにか？」

頬を膨らませたジュリアを気にも留めず、マークは続けた。

「急ぎの用だそうだ」

「全く、こんなときに。……とはいえ仕方ないな。マーク、後を頼む」

「ああ、まかせとけ。お前の代わりにきっちりしごいておく」

ジュリアは叔父の執務室へ、渋々足を向けた。

「叔父上、お呼びでしょうか？」

礼儀正しくドアを開け、叔父に促されて机の前の椅子に腰掛ける。窓からは、自分の代わりに新兵をしごくマークの声が聞こえてきた。

どういう風の吹き回しか、普段ジュリアとは顔を合わせようとしない従姉妹《いとこ》のソフィーが叔父の横に立っている。ジュリアより三歳若い彼女はいつも遊ぶことに忙しく、昼間のこの時間に叔父の部屋にいるなどめったにない。珍しいこともあるものだな、と思いながら、ジュリアはじっと叔父の言葉を待った。

「単刀直入《たんとうちょくにゅう》に言おう。お前に、ソフィーの代わりに嫁《とつ》いでもらいたい」

「は？　……叔父上、今、なんと？」

いきなりの爆弾宣言に、ジュリアは目をパチパチさせて叔父を見つめた。

一体、なにを言っているのか。

「ソフィーのところに、縁談がきた」

「はあ」

事態が呑み込めずに困惑するジュリアに、チェルトベリー子爵は苦虫を噛みつぶしたような顔で続ける。

「その嫁《とつ》ぎ先があろうことか、西の辺境の地なのだ。そこのクレスト伯爵に、ソフィーを嫁に出し

て欲しいと打診がきてな」

「ならば、ソフィーが嫁《とつ》げばよいのでは？」

「ソフィーは、あんな田舎《いなか》に行くのは嫌だと駄々《だだ》をこねてな」

「そうよ。私あんなところに嫁《とつ》ぐのは嫌よ」

叔父の横で、ソフィーがきゃんきゃん喚《わめ》いた。

この男は、一人娘であるソフィーにことのほか甘い。

「ソフィー、貴女への縁談が何故私に？」

ジュリアは眉を顰《ひそ》めながら、腕組みをして目の前のソフィーを見つめる。

くだらない話はいい加減にして、はやく訓練に戻りたい。

「だってぇ、嫌なんですもの。聞けば、クレスト伯爵領ってすごく辺鄙《へんぴ》なところだって言うじゃない？　そんなところでは暮らせないわ」

甘ったるい口調が耳に障《さわ》る。ジュリアは黙って、ソフィーと叔父に代わる代わる視線を向けた。

「その縁談は断れないのですか？」

ため息まじりに聞くと、叔父は憤慨《ふんがい》した口調で言った。

「クレスト伯爵だぞ。我が家より数段格が上だ。しかも、この縁談には、王家の口添えがある。おいそれと断るわけにはいかんのだ」

「王家、ですか？」

「ああ。だからお前に、ソフィーとして、嫁《とつ》いでもらわねばならんのだ」

「……はい？」

「だから、お前にソフィーとして、クレスト伯爵と結婚してもらいたい」

「叔父上、その……頭のほうは大丈夫なのですか？」

一応血がつながっているので、どことなくソフィーとジュリアは顔立ちが似ている。しかし、中身は天と地ほどに違う。

混乱するジュリアに、叔父はたたみかける。

「我がチェルトベリー子爵家を守るためだ。この男癖の悪い娘が、伯爵家に嫁《とつ》いだらどうなるか、お前にも簡単に想像がつくだろう。お前にソフィーの身代わりとして嫁《とつ》いでもらうより他に方法がない」

「はぁぁぁ？　叔父上、それは、無理というものです！」

「どうしても嫌か？」

叔父が凄むように言うが、ここは引くわけにはいかない。ジュリアも彼を睨み付けた。

「嫌ですね。ソフィーとはそもそも、年が違います」

「いいか、ジュリア。これは、お前の任務だ。潜入作戦だと思えばよいのだ！」

「クレスト伯爵は、犯罪者か何かですか？」

「まあ、そんなもんだ」

「……と、言うと？」

「実は向こうも、この婚姻には乗り気でないのだ。……当主のクレスト伯爵には愛人がいてな」

「はい？」

……アイジン？　いま、愛人と言わなかったか……？

「愛人だ！　その愛人とでなければ、結婚しないと駄々《だだ》をこねているようなのだ」

「だったら、その愛人とやらと結婚させてやればよいではないですか」

「平民の女風情とか？」

「その言葉を私に言いますか？　叔父上」

「……王家がその女との結婚に反対しているのだ。クレスト家は由緒ある家柄だ。王家とのつながりも深い。それゆえ、王家は、なんとしても貴族令嬢と婚姻させたいのだ。それで、貴族令嬢ならば誰でもいいと、ソフィーに白羽の矢が立ったというわけだ」

「そんなところに私を嫁《とつ》がせようというのですか？」

ジュリアは驚いて、椅子から立ち上がりそうになった。

「お前が嫁《とつ》いだほうがよっぽどましだ。ソフィーは、何をしでかすかわからん！」

「叔父上！」

「もう決定事項だ。王家から通達が来ている。万が一ソフィーが離縁されるようなことがあれば、我がチェルトベリー家を潰すと、王太子殿下から脅《おど》しが来ているのだ」

「私がソフィーとして嫁《とつ》いでいる間、彼女はどうするのですか？」

「心配には及ばん。ソフィーには、別の名前を用意してある。王太子殿下に見つからないように上手く隠しておくさ」

「一生ですか？」

「我が家が取りつぶされるよりはましだ。そうなれば私は爵位を奪われ、領地から追放されることになる」

「私だってそんなところに嫁《とつ》ぐより、身を隠しながらでもここにいたほうがいいわ」

「嫁《とつ》ぎ先でソフィーが上手く立ち回ることなど絶対に不可能だ。このまま行けば、子爵家は王太子殿下に潰される」

確かに、ジュリアもその点においては全くの同感だった。ソフィーは男癖が悪い上に、金銭感覚も麻痺《まひ》している。

無理に嫁《とつ》がせたとしても、結局問題を起こして、実家に戻されるだろう。そうなれば、チェルトベリー騎士団もつぶされてしまう。自分の大切な部下のなかには最近、子供の生まれた者だっている。ジュリアの家族同然だった部下たちも路頭に迷うことになるのだ。

「もう、絶対、回避が不可能ではないですか。叔父上」

由々しき事の成り行きに、ジュリアもごくりとツバをのみこんだ。

「まあ、そういうことだ。家のためと思って諦めてくれ、ジュリア」

叔父が呼び鈴を鳴らすと、マークと他の侍女たちがぞろぞろと入ってきた。もうすでに、マークにも話がついていたらしい。

「ジュリアに、嫁入りの支度を」

「かしこまりました」

全員が揃って頭を下げる。

「え？　ええええっ？」

「ジュリア、命令なんだ。諦めてくれ」

「マーク、お前もか!?　この裏切りもの！」

「本当にすまん。騎士団のために、耐えてくれ！」

それを言われるとぐうの音もでないが、だからといって、突然降ってわいたような話に、はいそうですか、と頷くわけにはいかない。ジュリアは我を忘れた。

「離せっ。離せったら！」

こうして、ジュリアは無理やりドレスを着せられ、強制的にクレスト伯爵領へと送り出されてしまったのである。

◇

「私の縁談が決まった、とは、どういうことです？」

ジュリアが無理やり嫁《とつ》ぎ先へと送還されているころ、花婿となるロベルト・クレスト伯爵は、激しい怒りに顔を歪《ゆが》めていた。自分にその話を持ちこんだ張本人に詰め寄る。

「ああ、私が決めたからね」

しれっと言いきったのは、美しい金髪の巻き毛に新緑のような緑色の瞳を持つ、貴公子然とした男だ。

目の前で激高している男など全く意に介さず、彼は優雅な所作でクリスタルのグラスに注がれたワインをくゆらせる。そして目をつぶって、赤いベルベットの液体から立ち上る芳醇《ほうじゅん》な香りをゆったりと楽しんでいた。

男たちがいる場所は、戦場の最前線にほど近い場所だ。しかし目の前の貴公子然としている男に、焦りの様子はない。

男が纏《まと》っている服は袖や胸元には美しい刺繍《ししゅう》が施《ほどこ》されていた。彼がとても高貴な身分であることは、その雰囲気だけでなく、身につけている宝石からも簡単にうかがえる。

ロベルトが、憤《いきどお》りを顕《あら》わにして、男を睨み付けた。

「エリゼル殿下！　私にはエミリーという心に決めた女性が……」

男は、新緑の瞳をゆっくりと開き、ロベルトをめんどくさそうに見つめる。

「惚《ほ》れた腫《は》れたの話はもう聞き飽きたよ。君には、まともな令嬢と結婚してもらいたいんだ。貴族として生まれたからには、その覚悟はできていると思っていたけどな」

エリゼルはあからさまにうんざりした口調で言う。

「まともな令嬢!?　チェルトベリー子爵の娘は、できが悪いと評判ではないですか！」

「ああ、まともというのは、貴族である、という意味だよ。貴族でありさえすれば、誰でもよかったからね。いろんな令嬢に打診してみたけど、彼女くらいしか、愛人がいる男のもとに嫁《とつ》いでくるような物好きがいなかったんだ」

「幼なじみといえど、していいことと、悪いことがあります。王太子殿下だからと言って、俺の結婚にまで口を出す権利は……」

「はい。そこまで」

エリゼルがぴしゃりと言い放つと、ロベルトはくやしそうに口をつぐんだ。しかし、エリゼルに対して鋭い視線は向けたままだ。

「ロベルト、幼なじみだからこそ、君の将来を心配してやってるんじゃないか。身分の賤《いや》しい女と結婚したら、君の将来は惨憺《さんたん》たるものになる。それを防いでやったんだ。むしろ、感謝してもらいたいくらいだよ」

そう言って、エリゼルはにやにやと笑う。

「これはもう、決定事項だよ、ロベルト。明日にでも、君の領地に花嫁が到着する。そうすれば、すぐに挙式だ。君のご両親も、了承済みだ」

「なんだって？　明日？　両親も承知していると⁉　領地にいる、俺の……俺のエミリーはどうなるのです⁉」

「ああ、それは花嫁が決めることだから。彼女が煮るなり焼くなりしてくれるよ。夫の愛人を花嫁がどう処分するのか、見物だよね」

意地悪く笑うエリゼルに、ロベルトは言葉を失った。

この美しいけれど悪魔のような男と幼なじみとは、一体どういう運命の悪戯《いたずら》なのか。

「花嫁が愛人をどう扱うのか、君も見てみたいと思わないかい？　まあ、愛人が優遇されることがないのは、確実だろうけどね」

「ああ、くそっ。なんてことだ。すぐに戻らなければ。殿下、少しの間、暇をください」

「却下。今この戦況で、最前線を離れられると思う？」

冷たく言い放つエリゼルを目の前に、頭を巡らせた。そして、一つの考えに思い至る。ロベルトは整った顔に勝ち誇った笑みを浮かべて言った。

「殿下、私の結婚を考えてくださったことはありがたいと思いますが、一つ、盲点がありましたね。花婿である俺が領地に戻らなければ、式は挙げられない。貴方にしては、珍しく詰めが甘い」

笑うロベルトを、エリゼルは眉一つ動かさずに見つめた。

「心配には及ばないよ。クレスト伯爵」

ロベルトの胸に嫌な予感が走る。

エリゼルが自分をロベルトではなくクレスト伯爵と呼ぶときは、必ずロクなことにならない。

王太子が、目を光らせ悪魔的な微笑を口元に浮かべた。

「向こうに花婿の代理を立てておいたから、心配には及ばないよ」

「代理結婚ですって！　殿下、それはあんまりです」

「この私に抜けがあるとでも思う？　君を領地に戻したら、司祭に申し立てて結婚が成立しなくなるだろ」

チェックメイトをかけるのはいつもエリゼルだ。陰謀《いんぼう》や策略で、ロベルトが彼に勝てた試しはない。この男は、一体どこまで狡猾《こうかつ》なのか。

「それで……任務と称して俺をこんな僻地《へきち》にまで来させたんですか？」

腹立ちまぎれに、ぎらりと王太子を睨み付けたが、彼は全く意に介さないようだ。

「まあね。幼なじみをこんな境遇に放置しておくのは忍びないから、王太子である私も一緒に、はるばるこんな辺境の地までついてやってきたんだ。ねぇ、そこは、ありがたく思ってくれないかな？」

「殿下！　それはあまりにも……」

「残念だな、ロベルト。いい加減、潮時だ。諦めろ」

もうこの話は終わりだと言わんばかりに、エリゼルが厳しく言う。ロベルトは、これ以上の議論は不可能だと悟った。

「ロベルト、もう言うことがないんだったら、下がってくれないかな？」

王太子が傲慢《ごうまん》に言い放つと、ロベルトはくるりと彼に背中を向けた。無言のまま部屋から出て、怒ったように扉を叩きつける。

部屋に一人残されたエリゼルが肩をすくめたが、ロベルトにはどうでもいいことだった――

第二章

「ようこそ、クレスト伯爵家へ」

クレスト伯爵家へ到着したジュリアとマークの前には、大勢の人がいた。

使用人達が二人を歓迎するために、玄関ホールの前に集められていたのだ。その数は、子爵家で働く人の数の三倍を優に超えている。

(あーあ、ついに来てしまったか……)

ジュリアに、たくさんの使用人の視線が注がれる。一同を代表するようにして、年老いた執事が彼らの前にやってきた。丁寧な姿勢で腰を折る。

「ようこそおいでくださいました、奥様。お連れ様のエリオット様も、ご足労いただきありがとうございます。執事のトーマス・ハウェルと申します」

「ご丁寧にありがとうございます。それで、花婿のクレスト伯爵は、どちらに？」

付き添いとして一緒に来ていたマークが、訝《いぶか》しげに執事に聞く。

「――ご当主様は今、任務により戦地に赴《おもむ》いております」

執事の返事は、ジュリアの予想通りだった。

(やっぱりそうきたか。顔を見ることさえ厭《いと》わしいと……)

こちらが乗り気でないように、向こうだって乗り気じゃないのだ。

そっと眉を顰《ひそ》め困惑している花嫁に、老執事は柔らかな笑みを向けた。

「奥様、長い道のりでしたから、お疲れでございましょう」

執事の言葉からは、ジュリアを歓迎している様子がうかがえる。しかし、その後向けられた視線が何か言いたげだったので、なんだか居心地が悪い。叔父からソフィーと同じ年齢に見えるようにとの指示のもと無理やり着せられた、フリルのついた趣味の悪いドレスが恥ずかしい。

(叔父上め！　なにもよりによって、こんなドレスを用意するなんて……きっと、この前の仕返しか、嫌がらせに違いない)

心のなかで悪態を吐きながら、ジュリアは引きつった笑顔を作り、ゆっくりと頷いた。

「はじめまして。……よろしくお願いします」

決して、騎士団風の挨拶《あいさつ》をしてはならんと自分に言い聞かせつつ、できるだけ令嬢らしく振る舞おうと努力する。

そして翌朝。

……なんという手回しのよさ。電光石火《でんこうせっか》とはまさにこのことだ。

(誰だ！　こんな手配したやつ。責任者出て来い！)

怒り心頭なジュリアは、そりゃあもう、現実逃避力を駆使して、これは別人のことだと思い込むしかなかった。何故なら今、ジュリアは、地味とはいえ間違いなく婚礼衣装を着て、侍女とともに大聖堂の入り口に立っているのだから。

一昨日《おととい》、縁談が決まったと聞いたばかりだ。それなのに、今日これから結婚式を挙げると言われたときには、驚いて椅子からころげ落ちそうになった。

怒りのあまり、握りしめる手がプルプルと震える。

「奥様、お綺麗ですわ。旦那様がご覧になられたら、さぞかし誇らしく思われるでしょうに」

……これは一体、なんの罰ゲームなのか。

侍女のなぐさめにしか思えない言葉と視線がつらい。ジュリアはがっくりと肩を落として、大きなため息をついた。

(結局、ロベルト様は帰ってこなかった)

それどころか、いつ領地に戻るのかさえわからないという。

せめて夫となる人の顔くらいは見ておきたかった。

まさか、ここまで嫌われているとは……。

いくらジュリアが百戦錬磨《ひゃくせんれんま》の騎士団長でも、たった一人で結婚式の祭壇に立つのはきつい。

これは間違いなく、愛人を溺愛しているというクレスト伯爵からのあてつけに違いない。彼はそこまで、自分の存在を疎《うと》ましく思っているのだ。

大勢の賓客《ひんきゃく》のなか、これからたった一人花嫁姿で祭壇の前に立って、司祭の祝福を受けるのだ。

(ああ……恥ずかしいな。望まれない花嫁と公言するのと同じことよね)

けれども、王家の命令に逆らうことは不可能だ。それが貴族の義務だからだ……その義務が、庶子である自分にまで及んでいるのは、なんだか滑稽《こっけい》だけれど。

「奥様、どうかなさいましたか？」

ジュリアの顔色が優《すぐ》れないことに侍女が気づく。

「ああ……一人で結婚式を挙げるのかと思うと憂鬱《ゆううつ》で……」

思わず本音が零れた。そんなジュリアに、侍女が驚いたように大きく目を見開く。

「ええっ。ソフィー様、何も聞いていらっしゃらないのですか？」

続けて何か言おうとした侍女を、ドアの横に立っていた司祭補助が遮《さえぎ》った。

「時間です。始まりますので、なかにお入りください」

目の前の扉が大きく開かれた。大聖堂に、オルガンの美しい音が響き渡る。

「……ソフィー行くぞ」

扉の向こうで待っていたのは、叔父であるチェルトベリー子爵だ。ジュリアとマークから少し遅れて、この叔父も伯爵領にやって来ていたのだ。ジュリアは、自分をこんな目に陥《おとし》いれた叔父を睨み付けながら、仕方なく、差し出された手をとる。

「まさか……叔父上と式を挙げるのではないですよね？」

脅《おど》すように、小声で凄んでみせる。

「馬鹿もの。そんなことがあるわけないだろう」

叔父も小声でやり返してきた。二人とも口元は笑顔を作っているが、視線はバチバチと激しい火花を散らしている。

この前の趣味の悪いドレスといい、一人で式を挙げる恥辱といい、この叔父とはいつか、拳《こぶし》で話をしなければ、と心に誓う。

叔父に引きずられるようにして、ジュリアは赤い絨毯《じゅうたん》の上を歩く。周囲に目を向けたジュリアは、結婚式の参列者たちの衣装が見たこともないほど豪華なことに気がついた。

（……あれは、王族の方々？）

そういえば、扉の横に立っていた近衛は、王宮の制服を着ている。

こんなところにまで王家の方々が関与しているとは……

冷や汗をかきつつ、再び祭壇へ視線を向ける。すると、そこに長身の男性が立っているのが目に入った。

（まさか、ロベルト様？）

式に間に合うように帰って来てくれたのだろうか？　もしそうなら、この人が自分の夫となる人なのだろうか？　男性のもとにたどり着き、ドキドキしながらジュリアは立ち止まる。叔父が下がっていった。

男性がくるりと振り返り、ジュリアを見つめる。

「初めてお目にかかります」

端整な顔立ちに、優しげな微笑みが浮かぶ。

「花婿が式の前に婚礼衣装を着た花嫁を見ると、縁起が悪いと言われていてね」

と、男は一度言葉を切ったのち、こう付け加えた。

「事前に挨拶《あいさつ》できずに申し訳ない。急に花婿の代理役を申しつかって、徹夜で駆けてきましてね。

先ほど到着したばかりなのです」

「貴方は……？」

戸惑いがちに聞くジュリアに、彼は親しみのある微笑みを向けた。

「私は、ジョルジュ・ガルバーニ公爵と申します。以後お見知りおきを」

彼の声は低く、ジュリアの耳に心地よく響く。

彼はジュリアの目の前に跪《ひざまず》き、手の甲にそっと口付けを落とした。

驚くジュリアを見上げ、公爵が口の端に微《かす》かな笑みを浮かべた。

――なんて素敵な人なのだろう。

胸がドキドキと強く波打つ。

「ガルバーニ公爵……」

自分を見つめる視線にまるで魅入るかのように、ジュリアはじっと彼を見つめ返した。

彼の立ち居振る舞いは独特で、抑揚《よくよう》のきいた穏やかな言葉の端々には、美しいアクセントがある。

先ほど到着したばかりだというのに、彼もまた婚礼衣装を着ていた。漆黒の黒い詰め襟《えり》に繊細な銀の刺繍《ししゅう》が施《ほどこ》されているそれは、騎士服にも似ている。そして、それを覆う長いマント。古いデザインだが、とても高級な生地で作られているのがひと目でわかる。

ジュリアがこれまで見たことがないほど繊細で素晴らしい衣装だった。彼のどこかしら古風で奥ゆかしい雰囲気と、とてもよく合っている。

「何か、おかしいでしょうか？」

「いいえ、その……素敵なお衣装だなと思いまして」

ふと男の口元に、抑えめな微笑みが浮かんだような気がした。この人は、あまり自分の感情を外に出さないように訓練しているのかもしれない。

「これは、古くから伝わる婚礼衣装なのです」

婚礼を祝福する音楽が鳴り始めた。耳に心地よく響く彼の声をもっと聞いていたかったのに。

「……貴女は、ほんとうに美しい」

ジュリアの手を握りしめたまま、ガルバーニ公爵は本気ともお世辞ともつかない言葉を紡《つむ》ぐ。彼の熱い視線は、ずっとジュリアに注がれたままだ。その視線に狼狽《うろた》え、ジュリアは思わず床に視線を落とした。こんな眼差しを向けられたことは、今まで一度もない。

そんな二人に、司祭がためらいがちに声をかける。

「あの……そろそろ手をお離しいただいたほうがよいかと」

「ああ……花嫁があまりにも美しいので我を忘れていた」

司祭の声を受け、彼は茶化すように言った。

その声は穏やかなのに、どこか堂々としていて、それでいて晴れやかだ。ジュリアから手を離し、やっと彼は改まった様子で祭壇に向き直った。

笑うと目尻に少しだけ皺《しわ》ができて、それがなんだかかわいらしい。

彼は、この結婚式のために、徹夜で馬を飛ばして駆けつけてくれたと言う。もし、彼のような人が自分の夫であれば、きっと幸せになれるのだろう。

けれども、ジュリアの夫はこの人でない。本当の相手は、顔も知らない人物だ。そして、その人にはすでに溺愛している愛人がいる。

ジュリアの胸は、微《かす》かな痛みを覚えた。自分の心のなかの何かが、悲しそうな声をあげる。しかしジュリアには、それが何かわからなかった。何故なら、ジュリアはまだ一度も、恋をしたことがなかったからだ。

(――この人が、本当の結婚相手だったらよかったのに。この優しそうな人がロベルト様だったらよかったのに)

運命とはなんと皮肉なのだろう。生まれて初めて心惹《ひ》かれた男性と出会った日、ジュリアは他の男の花嫁となったのだった。そしてジュリアはこれから、クレスト伯爵夫人として生きていかねばならないのだ。

そんな痛みを無視して、ジュリアは彼と同じように祭壇へと向き直った。

司祭が、結婚の祝福の祝詞《のりと》を唱え始めた――

◇

結婚式が終わった翌朝のこと。

すでにチェルトベリー子爵もマークも帰ってしまい、ジュリアは伯爵領に一人残されていた。

自分のために用意された書斎に今、ジュリアは一人で座っている。目の前には、難しい案件を示す書類の山……

　この屋敷に到着してまだ三日目だというのに、ジュリアが向き合っているのは、領地の問題、領民の問題、三ヶ月前の大規模洪水による作物の生育不良、さらに、そこから発生した疫病《えきびょう》等々……。問題のオンパレードだ。

　クレスト伯爵領は、もとから洪水が起きやすい場所だという。そのため、頻繁に洪水被害はあるが、今回はかなり規模が大きかったようだ。

　報告書を読めば読むほど、頭が痛くなってくる。子爵領でもこれほどの問題は抱えていなかった。さらにその上、領主不在だ。

　どうしたらよいかとジュリアが思案していると、老執事のトーマスがやってきた。

「奥様、緊急の用と仰《おっしゃ》る方がお見えになっておりますが」

　本音を言えば、来客に会う余裕などない。急いで対策を取らなければならないことが、たくさんあるのだ。

　しかし執事の顔色から、ジュリアは会ったほうがいいと判断した。

「……いいわ。十五分くらいでしたらお会いできますとお伝えください」

「それでは、こちらにお通ししてもよろしいでしょうか？」

　そうして、書斎に客がやってきた。恰幅《かっぷく》のいい、頭がはげ上がったその男は、書斎に入るなり単《たん》刀直入《とうちょくにゅう》に切り出した。

「奥様、お貸しした金を返していただきたく。督促《とくそく》に参りました。三千万ギルダーをすぐにご返済いただきたい」

「はあ？」

思わずジュリアの素《す》が出る。一瞬、地声になってしまった。

「返済期限は、明日になっております」

そう言って、男は一枚の紙をジュリアに差し出す。「借用書」と書かれた文字が目に入った。

「そのような話は初耳だ……いえ、初耳ですわ」

我に返ったジュリアは、おしとやかに見えるように言葉を変える。今の自分は騎士団長ではなく、おバカな子爵令嬢のソフィーなのだ。

今まで女言葉など使ったことがなかったから、油断するとついボロが出る。気をつけなくては。

この男は、きっと高利貸しだろう。男はジュリアを値踏みするような目でじろじろと、頭のてっぺんからつま先まで眺めた。そして、にやにやと下卑《げび》た笑いを漏らす。

「旦那様に、今回の遠征で必要な費用をご用立てしておりましてね」

困惑するジュリアに、脂ぎった中年男はさらににやりと微笑みかけた。どうひいき目に見ても、この男がまともな人間とは思えない。

「それにしても、三千万ギルダーって……」

ジュリアの背後で、老執事が息を呑む音が伝わってきた。

クレスト伯爵家にだってそんな大金、あるわけがない。

「まさか、返済できない、なんてことではないでしょう。昨日は、たくさんの王族の方もいらっしゃってましたね。奥様だって、持参金くらいはお持ちでしょうし」

（その持参金が、ほとんどないのだけど……）

ジュリアの持参金など、三千万ギルダーにはとても及ばない。ハゲタカのような男を前にして、ジュリアはどうしたものか考えあぐねていた。

（ロベルト様本人がいれば、この借用書の真偽を検証できるのになあ）

三千万ギルダーというのは大金である。どのくらいの大金かというと、小国の軍隊が丸ごと買えるくらいの額だ。

ジュリアは子爵領で騎士団を指揮していたから、そのくらいはわかる。

この国では、領地ごとに騎士団を有しており、その運営は基本的に各領地に任されている。ちなみに一部の高位貴族の騎士団は王国直轄だが、チェルトベリー子爵領の騎士団は、当然入っていない。

ともかくそういうわけで、ジュリアが真っ先に思ったのは、この借用書は偽造ではないか、ということだ。

できればいつもの自分の話し方で、目の前の男を詰問したい。しかし、さすがにそうもいかないだろう。

ジュリアは腹をくくって、このまま話をすることに決めた。もしここにマークがいたら、普通の女性のように話す自分を見てきっと爆笑するのだろうな、などと思う。

ジュリアは、背後に立っている老執事を振り返った。

「ねえトーマス、ロベルト様は、何名くらい連れて遠征に出られたの？」

「おおよそ、三百名くらいかと存じます」

「そのうち、こちらで費用を負担しなければならない傭兵《ようへい》は何人くらい？」

「そうですね、百名くらいかと」

（ふーん。傭兵《ようへい》の平均の賃金が一人一日三十ギルダーくらいだから、百人分で、一日あたり三千ギルダーか）

「遠征は、何日くらいの予定だったの？」

「六十日程度かと思いますが」

「それじゃ、一日三千ギルダーで六十日分ね。そうすると、十八万ギルダーくらいかしらね」

ざっと暗算をして言う。

「奥様は、算術もおできになるんですか？」

「ええ。ごく普通のことだと思うけど？」

「傭兵《ようへい》は一人一日三十ギルダーくらいなのですか？」

「……そうね。まあ、値段はばらつきがあるけど、大体そのくらいの値段だと思うわ」

そう言った途端、金貸しの顔色が悪くなったのをジュリアは見逃さなかった。

（……なるほどね）

これは、当主不在を狙った詐欺《さぎ》だろう。もしくは、借入金額を水増ししているのかもしれない。

返済期限が明日というのも、きっと嘘に決まっている。急に決まった結婚式の翌々日が返済期限だなんて、あまりにも都合がよすぎるというものだ。そもそも、遠征中に返済期限を設定する領主などいるわけがない。

ジュリアは厳しい目で、目の前の男を見つめた。

「旦那様は、今回の遠征費用としてお金を借りたと言いましたね？」

「は、はいっ、そうでございます」

金貸しの顔色がさらに悪くなっている。偽造した金額は大金のくせに、結構、この男は小心者らしい。

「ねぇ、トーマス」

ジュリアは、わざと甘い声で老執事を呼んだ。

「そうだとすると、どう転んでも二十万ギルダーか三十万ギルダーくらいの金額にならない？　それを三千万ギルダーって、おかしくないかしら？」

「はい、奥様。仰《おっしゃ》る通りでございます」

老執事がまさしくその通りだと言わんばかりに、相づちを打つ。

「私、いろいろと忙しいの。今ここでこの借用書を精査している時間はないから、検察局の長官に借用書の照会をお願いしてもいいかしら？」

「奥様、昨日の結婚式にいらっしゃっておりましたから、話は容易につくかと存じます」

「あら、それは素敵ね」

それを聞いた金貸しの男はますます青ざめ、汗をかき始めている。額《ひたい》からぽたぽたとしたたっているようで、しきりに手ぬぐいで拭いていた。

「ところでトーマス」

「はい、奥様」

「この地方では、詐欺《さぎ》とか、文書偽造の刑罰はどのくらいなの？」

「そうですね。金額にもよりますが、地下牢に三年から五年くらいの拘禁《こうきん》でしょうか？」

「拘禁《こうきん》だけ？　強制労働とか、むち打ちなどはないの？」

「奥様が決めてよろしゅうございますよ。ご領主様の奥方様なのですから」

「そう」

ジュリアは金貸しに向かってにっこりと微笑んでみせる。しかしその目は、全く笑っていなかった。騎士団長として培《つちか》ったオーラを活用することも忘れない。無言の威圧は、とても恐ろしいと騎士団でも有名だったのだ。

「もし、これが偽装だった場合、手の一本くらいは切り落とそうと思うのだけど、どう思う？」

「ひっ……、お、奥様……」

「私、禁固刑とか、むち打ちとか、生ぬるい処罰は嫌いなの。どうせなら、血を見たいわ」

にやりと、残忍な笑みを口元に浮かべてやると、金貸しはガタガタ震え始めた。

「なんでも奥様のお好きなようになさってよろしいかと存じます。ご主人様不在の折は、奥様に全権がございますから」

丁寧な執事の答えに、ジュリアは無言で頷く。そして威厳を込めて、金貸しの男をじっと見据えた。

「クレスト伯爵家を舐《な》めたらただじゃおかないわ」

ジュリアの脅《おど》しは覿面《てきめん》の効果を発揮したようで、男は青ざめながら、広げていた書類をバタバタと集めた。

「お、お、奥様……この借用書ですが、何かの手違いがあったかもしれません。再度、確認させていただき、出直してもよろしいでしょうか……」

「あら……旦那様には、貴方のことも報告しておくわ。せっかくお越しくださったのに、出直させることになってしまって申し訳ないわね」

ジュリアの嫌味は、金貸しを直撃したようだ。

慌てて立ち上がる男を見ながら、ジュリアは執事に命じる。

「トーマス、お客様のお見送りを」

「かしこまりました。奥様」

(ああ、やっぱり詐欺《さぎ》だったんだ)

バタバタと立ち去る男の後ろ姿を見送っていると、開いた扉からガルバーニ公爵が姿を現した。

結婚式を終えたあと、彼はクレスト伯爵邸に賓客《ひんきゃく》として泊まっていたのだ。ジュリアが落ち着くまで、しばらく滞在するという。

「怪《あや》しげな男が慌てて出て行きましたが、何か問題でも？」

控えめな言葉遣いでも、彼がとても頭のいい人であると、ジュリアにはわかっていた。適当なごまかしは、きっと、この人には通用しない。

「ああ、どうも、金貸し詐欺《さぎ》のようでしたわ」

「夫が不在のときにつけ込む輩《やから》は、よくいますからね。それにしてもまさか伯爵夫人にまで、詐欺《さぎ》を働こうとはね」

面白そうに、ガルバーニ公爵は片眉を上げる。

「百名の傭兵《ようへい》に、三千万ギルダーですって」

「ほう」

その声の思いがけない鋭さに、ジュリアはぎくりとした。

「傭兵《ようへい》の費用をご存じで？」

（しまった！　私は、社交界のお馬鹿な子爵令嬢だった！）

ジュリアは、ソフィーの普段の様子を思い出す。お酒落《しゃれ》とお酒、男、ゴシップにしか興味のない、自分の従姉妹《いとこ》。つけている香水は安っぽい匂いがしたし、場末の酒場の女給仕といってもわからないかもしれない。

そんなソフィーが、傭兵《ようへい》の費用なんて知っているはずがない。

「え……えっとですね……」

ジュリアは焦って言葉をにごした。満足のいく説明をしなければ……と焦れば焦るほど、墓穴を掘りそうな気がする。

この人は鋭い。

下手な説明をしようものなら、些細な矛盾点を見つけ出し、たちどころに見抜かれそうだ。

公爵は上品な笑みを浮かべてはいるが、子爵令嬢がどうしてそんなことを知っているのか、と問いたげな眼差しをジュリアに向けている。

「あの……子爵領の騎士団の誰かからそういう話を耳にしたかと思います……の」

どうか、これ以上突っ込まないでくれ、というジュリアの心の底からの願いは、あっさりと叶えられた。

「ああ……そうなのですか。私は、恥ずかしながら、軍に在籍したことがなくてね。兵というのは、その……雇えるものなのですか？」

（ああ、よかった！　この人、頭はきれるようだけど、軍務については素人《しろうと》だ）

ジュリアは、心のなかでほっと胸をなで下ろした。

確かに、こんなに上品で優雅な彼に、傭兵《ようへい》のような荒くれ者と接点はなさそうだ。

ジュリアが改めて彼を眺めれば、今日の公爵は、クラバットを引き立てる素敵な服を着こなしている。相変わらず、とても格好いい。彼の精悍《せいかん》さと上品さがまじった姿は、目の毒だ。一度見つめたら、そのまま目が離せなくなるような気さえする。

そんな自分の気持ちを悟られないように視線を落としながら、ジュリアは答えた。

「ええ。雇えますよ。子爵領も国境に近いので、隣国との小競《こぜ》り合いが結構あるんです」

「子爵領の騎士団が優秀だという話は、聞いたことがあります」

「本当ですか？」

（ふっ、我が軍は優秀だからな！　何せこの私が指揮していたんだから）

実のところ指揮だけでなく、訓練も作戦もすべてジュリアが決めていた。

「ええ。少数精鋭部隊だとか、指揮官が優秀なのではないか、とか、いろいろと噂は伺っていますよ」

「まあ、それは嬉しゅうございますわ」

ジュリアは、自分でも意識しないまま、ニコニコと公爵に微笑みかけた。その瞬間、彼がついと目をそらす。彼の頬が少し赤くなっていることに、ジュリアは気がつかなかった。

「先ほどの百名の傭兵《ようへい》で三千万ギルダーとは、どういった話だったのですか？」

ガルバーニ卿が完全に素人《しろうと》だと思っていたからだろうか、ジュリアは少し油断していた。

「ああ、ロベルト様が百名の傭兵《ようへい》を連れて行くのに、三千万ギルダー借用したと」

そんな大金、かかるはずないのにね、とジュリアは小さく笑う。

「宝石の首飾りが高いものだと三千万ギルダーくらいなのを考えれば、安い値段だと思いませんでしたか？」

貴族の女性が身につける宝飾品の値段など、ジュリアが知るよしもない。彼女が知っているのは食べ物の値段と、兵器、武器の類《たぐ》いと、傭兵《ようへい》の値段。そして、薬草の値段だけだ。

「まあ、宝飾品というのはそんなに高いのですか？」

「ええ、もっと高いものもありますよ。……ところで、午後はどうされるご予定ですか？」

公爵はジュリアに優しく微笑みかけ、傭兵《ようへい》や武器の話はもうたくさんだと言いたげな様子で、さりげなく話題を変えた。泥臭い話は、もう十分なのだろう。

「あの……領地に疫病《えきびょう》が流行《はや》っているという報告がありまして」

「それで？」

「実際に現地に視察に行き、被害状況を見ておこうかと思うのです」

「クレスト伯爵が戻るのを待たなくていいのですか？」

「ええ、旦那様はいつお戻りになられるかわかりませんし、疫病《えきびょう》は早いタイミングで手を打たないと、どんどん広がります。手遅れになれば、この地域は壊滅的な状況になりますから」

ジュリアの母は薬師だった。十一歳になるまで、ジュリアは母の手伝いをしていたのだ。だから知っている。疫病《えきびょう》は、ごく小規模のうちに鎮《しず》めておかなければ、手遅れになることを。

「そうですか。それでは、私も同行の栄誉をいただいてもよろしいでしょうか？」

「公爵様、爵位が下のものにそんな風に丁寧に仰《おっしゃ》らないでください」

「では、こうしましょう。交換条件ということで」

「どのような条件でしょうか？」

ジュリアがおそるおそる尋ねれば、彼は、楽しそうな表情でジュリアを見つめた。

彼の口の端には、悪戯《いたずら》っぽい笑みが浮かんでいる。そんな彼の様子に、ジュリアの胸がきゅんと鳴った。この人は何をしても、魅力がありすぎる。

「私は貴女に対する態度を改めます。その代わり、貴女は私のことをジョルジュと呼んでください」

「公爵様をファーストネームで呼びすてに？」

本気だろうか？　それとも、からかっているだけ？

ジュリアはためらいがちに、しかし疑うような眼差しを公爵に向けた。

「ええ。私は、花婿の身代わりですからね。クレスト伯爵が不在のときには、私を夫だと思って、頼りにしてくださって結構です」

「公爵様、それは……少しばかり……」

無理があります、とジュリアは言おうとしたのだが――

「ジョルジュ」

公爵はそう言って、ジュリアに向かって茶目っ気たっぷりにウィンクした。その様子がとても様になっていて、ドギマギする。

「……」

彼は期待のこもった表情を浮かべている。

「さあ、ジョルジュと呼んでください。公爵様ではなく」

「あの……ジョルジュ？　……様？」

しどろもどろになりながら、なんとか彼の名前を口にした。

「いいえ。ジョルジュと呼び捨てに」

庶子である自分は、身分では彼の足下にも及ばない。彼はこの国の貴族のなかでも、とりわけ地位が高い人物だ。

公爵位というのは、王族と血のつながりがあるくらい、生粋《きっすい》の貴族のなかでも上の人である。そんな人をファーストネームで呼び捨てにする、というのは、あまりにも恐れ多い。

「さあ、呼んでみて」

「え……あの」

ジョルジュはジュリアの両手をとり、熱心な様子で見つめている。

どうして、彼はこんな風に自分を見つめるのか。

「……ジョルジュ」

真っ赤になりながら、囁《ささや》くような小声でなんとか口にする。それだけのことなのに、どうしてこんなにも胸がドキドキするのだろう。

「そう。上出来ですね」

彼の整った顔に、笑みがひろがる。

その後、ジュリアが何度辞退しても、彼は聞き入れてくれなかった。それでも、ジュリアは負けじと議論し、結局、二人きりのときだけジョルジュと呼ぶことで決着がついた。

「やっと合意ができましたね」

彼はくすりと笑った。

「それから、そのご褒美に、もう一つ」

短く言葉を切って彼が差し出したのは、一通の手紙だった。上質の紙に押されている封蝋《ふうろう》は、ユリが複雑にからまった紋様だ。それは、この国の王家を示す。

「これは……？」

不思議に思い彼を見上げたジュリアに、ジョルジュがあけてご覧なさいと優しく促す。

「王太子殿下からの貴女の結婚のお祝いです。持参金の代わりとでも申しましょうか？」

「持参金……」

確かに子爵の立場では、伯爵家に嫁《とつ》ぐのにふさわしい持参金を捻出することは不可能だった。今回はクレスト伯爵側に事情があるからと、持参金は破格だったのだ。

「貴女が嫁《とつ》ぎ先で肩身の狭い思いをなさらないようにという、殿下のご配慮です」

「えっ、こんなに？」

ジュリアは、封を開けてざっと内容に目を通して驚きの声をあげた。そこには、見たこともないほどの大きな金額が持参金として贈られると書かれている。

困惑しながら、手紙を見つめるジュリアを公爵は優しく見守っていた。


その日の午後、約束どおり、二人は馬に乗って現地の視察へ赴《おもむ》いた。

町は泥水をかぶり、鼻をつくような汚臭がしている。ところどころで、疫病《えきびょう》で亡くなった者が埋葬されずに、そのまま放置されている。

十分な手当てをされることもなく、病人や避難民がテントを張り、なんとか雨露をしのいでいる状況だ。大人も子供も関係なく、途方に暮れた様子で力なく道ばたに横たわっている。

「これは……酷《ひど》いな」

「ええ。こんな状況初めて見ました」

目の前で広がっている疫病《えきびょう》は、かなり性質《たち》が悪いもののように見える。

「屋敷に戻ろうか？　大丈夫？」

気遣うように、公爵がジュリアを見る。

血の気が若干失《う》せている気はするが、ジュリアはそこまで酷《ひど》く気分が悪いわけではない。

この悲惨な状況を目《ま》のあたりにして、何が必要なのか、と、ジュリアは冷静に頭を巡らせていた。

そんな彼女を、公爵は感心したように眺める。

どんなに町が荒《すさ》んでいても、ひとたび伯爵邸の門をくぐれば、そこには別天地のような美しい光景が広がっていた。庭には、薔薇《ばら》やクレマチスなどがたくさん咲いている。溢《あふ》れんばかりに咲き乱れているプラムのような小さな花々は、かぐわしい香りを放っていた。

「……奥様、お帰りなさいまし。町は、いかがでしたか？」

執事が出迎えてくれた。

「状況は最悪だわ。すぐに手を打たなければ」

「左様にございますか」

ジュリアの声は、騎士団長時代の低いものに戻っている。今のジュリアに、お嬢様らしく、おしとやかに、といったことにかまっている余裕はない。かろうじて、言葉の語尾だけは女らしくなるように努めた。

「トーマス、熱いお茶が欲しいわ」

ジュリアは血の気の失《う》せた顔でトーマスに命じた。

「かしこまりました」

公爵と一旦別れた後、ジュリアは手を洗い、慌ただしく執務室の机の前に座った。そして即座に、いろんなことを考え始める。

疫病《えきびょう》対策に何が必要か、どんな人材がどれくらい必要か。食糧は？　必要な薬草の値段や種類は？

頭のなかで計算しながら、正確に手際よく、対策リストに手を加えた。

何をするかは明らかだが、それをどういう順番で行《おこな》うかが、一番の問題だ。

ひとしきり作業が終わったところで、ガルバーニ公爵のもとへ向かう。リストを見てもらい、彼の意見を聞こうと思ったのだ。

部屋の扉を控えめにノックする。彼の返事を待ってドアを開けると、彼は窓際に腰をかけ、庭を眺めていた。

「公爵様」

ジュリアが遠慮がちに声をかければ、彼はからかうように言った。

「ジョルジュ」

「あ……ジョル、ジュ？」

彼は立ち上がって、ジュリアのもとへ歩み寄る。

戸惑うようにしながら彼の名を呼びなおしたジュリアを、満足げな表情で見つめた。

「そう。それでよろしい」

そう言って笑う目尻に、皺《しわ》がよる。ジュリアはまた胸がきゅんとなりそうになったが、ぐっとこらえた。自分はすでに結婚している身なのだ。彼にときめかないようにしなくてはいけないはず。

ジュリアは気持ちを切り替えて、あえて少し硬い口調で話しかけた。

「疫病《えきびょう》の対策のリストをつくってみたのですが、ご意見をいただければと思いまして」

「ほう、もうつくったのですか？」

彼の目の奥がきらりと光った気がした。

「ええ。実はあらかじめ、ある程度は作成しておいたのです。今日、現地視察をしたので、それを修正してみました」

「優秀なのですね？」

彼は、ジュリアの返事を待たずにすぐさま手渡したリストを確認し始める。そんな彼もまた有能であるに違いないと、ジュリアは思った。

「奥様、お茶の準備が整いました」

老執事が知らせに来た。

「では、お茶をいただきながら、相談しましょう」

ジョルジュがジュリアの前に腕を差し出す。その意味がわからず戸惑うジュリアに、公爵は言った。

「私にエスコートさせてくださいませ。マダム」

ジュリアを見る公爵の瞳は熱く官能的で、ジュリアは頭に血が上りそうになる。

促されるまま、おずおずと彼の腕に手をかけた。

……そうだった。貴族の女性というのは、いちいち男に連れて行ってもらうのだった。ジュリアにとっては、とても面倒なマナーのはずだが、相手が公爵なら何故かそれほど嫌だとは思わない。

お菓子が銀の盆の上に並んでいる。小さな焼き菓子、マカロンにチョコレート、サンドイッチ数種。そして栗の砂糖漬け。上品で、どれも素敵なものばかりだ。

町の惨状を見たあとだから、よけいにこの屋敷のなかと外の世界の違いを感じる。しかし、貴族とはそういうものなのだろう。いろいろ思うところはあるが、この恵まれた環境を甘受するのではなく、町の者を救うために努力をするのだと自分に言いきかせる。

「ジョルジュ、何を召し上がりますか？」

「ああ、では、その小さな焼き菓子をもらおうか」

ジュリアがお皿に菓子を載せ公爵に渡すと、彼はそれを上品な所作でつまみ上げた。

「今日は疲れた？」

「ええ、少しだけ」

熱いお茶を一口味わってから、ジュリアも栗の砂糖漬けを一つ小皿にとった。

……おいしい。

疲れた体には、甘いお菓子と熱いお茶がしみじみと有り難い。

騎士団にいたころは、食べものをさっさと掻き込んだら、すぐに剣を携《たずさ》えて出ていた。こんな風に、誰かと一緒に優雅にお茶をする午後とは無縁の生活だったのだ。

ジュリアはふと、自分に注がれている視線に気づいて顔をあげた。

彼の濃い灰色の瞳は思慮深い光を湛《たた》え、じっと自分を見つめている。

そんな彼に、ジュリアはなんとなく微笑み返した。

こんなに素敵な人なのだから、きっとどこかの貴族令嬢とすでに縁を結んでいるに違いない。彼のような人なら、恋人がいたって当然なのだ。

その人はきっと、彼と釣り合う身分の令嬢で、そして美しい人だ。その人の前で彼は跪《ひざまず》き、熱心に愛を囁《ささや》く。今のように、熱い眼差しを向けて……

そんな光景を思い浮かべた瞬間、ジュリアの胸が痛んだ。思わず目を伏せ、床を見つめる。

(この人は、ロベルト様の代理としてここにいるだけ)

彼の好意が普通以上のものだと、自惚《うぬぼ》れてはいけない。自分の身の程をわきまえなくては——

ジュリアはもっと現実的な問題へと頭を切り換えようとした。

とにかく、クレスト伯爵領に広がる問題について、今後の方針を決めなければ。

けれどそのことを考えれば考えるほど、頭が痛くなる。

クレスト伯爵領の主要な兵士たちは、現在、ロベルトと一緒に遠征中だ。

疫病《えきびょう》対策には男手がいるし、食糧を配達する人間も必要になる。とにかく力仕事のできる人材が必要だ。

けれどどう考えても、人手不足だ。ジュリアは、まず子爵領に、自分の部下だった者たちを派遣してもらえないか交渉しようと考えていた。

（この惨状を早くなんとかしなくては……）

しかし、彼らを呼んだとしても、人件費をまかなえるような財源がない。今まで貯めていた自分のお金のことを思い出したが、少額すぎて、なんの足しにもならない。

（ああ、どうやって資金調達しよう？　あの高利貸しを脅《おど》して低金利で融資させようかしら……あのまま拘束しておけばよかった。地下牢をつくっておかないとダメだ。この屋敷にはそれがないから……後は、拷問道具を二つ三つ見繕《みつくろ》って……）

「何を考えているのですか？」

「地下牢と拷……いえ、資金の問題ですね」

危なかった。物騒な考えを口にしてしまうところだった。

「……資金ですか？」

改めてリストを見ながら、公爵様がちらりとジュリアを見る。

「これだけの対策をするとなると、資金が足りなくて……国への税金も、支払うのはおそらく不可能です。農作物がかなりの損害を受けていて、伯爵領の経済状態は苦しい状況になるかと……」

（というか、資金は絶対に足りないんだけどね！）

公爵に厳しい現実について話しているうち、だんだん頭に血が上ってきた。彼の手前、キレるわけにはいかなかったので表面上は冷静なふりをしていたが、内心ではジュリアは、かなり憤《いきどお》りまくっていたのである。

これっぽっちも望んでいなかったのに、無理やり結婚させられた挙げ句、結婚二日目にしてお金の大問題が判明。詐欺《さぎ》は来るし、疫病《えきびょう》も流行している。町には難民が増え、治安も悪化してきているときた。

にもかかわらず、夫の顔すら知らないなんて、どういうこった！

ロベルトというお坊ちゃま、いや、馬鹿男が、領地の大問題を放り出して戦地に赴《おもむ》くのが、そもそも間違いなのだ。

その尻ぬぐいを突然押しつけられたこの状況を、一体どうしろと言うのだ。

なんだか貧乏くじを一万枚くらい引かされてしまった気がして、ジュリアは心のなかで盛大に毒を吐いた。

（くっそお、ロベルトめ。愛人どころの問題じゃねーぞ。帰ってきたら、思いっきり、思いっきり、締め上げて、ネズミみたいに、きゅーきゅー泣かせてやる！）

お茶を手にしたまま無表情で黙《もく》しているジュリアの脳内でそんなことが繰り広げられているのを、公爵は知らない。

「ふむ。税金の問題か」

彼が何か思案するようにしながら、そっと呟いたのが聞こえた。

「ええ。税金も、疫病《えきびょう》対策も、財政的にどちらも厳しいのです……」

ジュリアがぽつりと言い、二人して難しい顔で考え込む。

そのとき、ジュリアに天啓が降りた。

「ああ、そうだ！」

「……どうしたのですか？」

「疫病《えきびょう》対策の費用なのですけれど、よく考えたら、王太子様からいただいたお金でまかなえると思って」

彼の問いに答えるジュリアの声は、明るく弾《はず》んでいた。

「せっかくの祝い金を、領地のために使うのですか？」

「ええ。この状態を放置するわけには参りませんもの」

どんなにロベルトに腹を立てていても、困っている人々を見放すことはできない。

「ドレスや、宝石などを買わないのですか？」

「必要ありません」

「王宮の舞踏会などもあるというのに？」

「舞踏会など行きません。私、ここで十分ですから」

公爵はそれ以上は何も言わず、なんだか面白そうにジュリアを見つめていた。

(あのクソ坊ちゃまを締め上げるって顔に出ていたのだろうか？　もしかして……高利貸しを拷問にかけてとか考えていたのがばれた？)

「……私の顔に何かついています？」

「いえ、貴女は……とても変わっていますね」

そう言って、彼はティーカップを手にとり、再び上品な仕草でお茶を飲んだ。

それからも伯爵家の応接間で、二人はいろいろなことを話しあった。

公爵は高位の貴族だけあって、宮廷内の様々なことに精通していた。彼のアドバイスは的を射ていて、非常に有益だった。そして彼は、国に収める税金に関して、延納できるように取り計らってくれる、と約束してくれた。

ジュリアが作った対策リストをまじめな様子で見つめる彼の横顔を、ジュリアは誇らしいような恥ずかしいような気持ちで眺める。彫りが深く、広い額《ひたい》はとても賢そうだ。

なんて、いい人なのだろう。

彼は、有能で、大人で、そしてとても頼りがいがある。

ジュリアの胸のなかに尊敬以上の感情が芽生えていた。


その日の午後遅く、ジュリアは老執事に来客を告げられた。

大きならせん階段のあるホールに出向くと、突然、初老の婦人に声をかけられた。

「まあ、貴女がソフィーさんね！」

白髪まじりの熟年の女性は、感激したようにジュリアの手を握り、抱きしめる。

(どなた様で!?)

ジュリアは少々驚いたが、執事が通すということは身元の確かな相手なのだろうと判断し、控えめな笑みを浮かべた。

「ソフィーさんが驚いていているだろう。全くもう、あわてんぼうなんだから」

そう言ったのは、後ろに立っている初老の男性だ。

「結婚式に間に合わなくて、すまなかったね。今回のお話はとにかく急だったのでね」

「はじめまして、ソフィーさん。お会いできて嬉しいわ」

彼らはロベルトの両親、つまり、先代のクレスト伯爵夫妻だった。

「ソフィーさん、突然のことで、ほんとうにごめんなさいね」

それが結婚のことなのか、訪問のことなのか、ジュリアにはわからなかったが、とにかくおとなしく微笑んでおいた。

――そして今、二回目のお茶会が始まっている。伯爵邸に着いたばかりの義理の両親が、長い旅路を終え熱いお茶を飲みたがったためだ。

それにしても、義両親のこの喜びよう。どうやら彼らは、ジュリアの従姉妹《いとこ》であるソフィーの悪評を、全く知らないらしい。爵位を譲ってだいぶ経つようだから、噂話を聞く機会がないのだろう。

執事が淹《い》れてくれたお茶を前に、義母が申し訳なさそうに言う。

「王太子殿下からのご連絡は、私たちも寝耳に水だったの。エリゼル様が式の手配をすべて段取りしてくださって、結婚式も、すぐに行《おこな》われてしまってね。間に合わなくて本当にごめんなさいね」

「いいえ。私も突然のことで驚きましたし。きっと、みんなそうだと思います」

義両親たちは、今はかなり離れた南の別邸に住んでいるという。

「ロベルトは、まだ帰っていないのだろう？」

「ええ、遠征に行かれてますから」

「息子の顔を見たことは？　どこかで知り合ったりは？」

「いえ、全く接点がなくて……」

首を横に振るジュリアに、義母は再び申し訳なさそうな表情をした。

「まあ、なんてこと……その、エミリーのことは知っている？」

「エミリー？」

聞きおぼえのない名前に首をかしげたジュリアに、義両親は困ったように目を見合わせた。

「この屋敷の離れに住んでる人よ……そうね、ロベルトのとても親しい方なのだけど」

ああ、愛人のことか。愛人の名は、エミリーというのか。

「ええ……お名前はともかく、その方のことは、叔、いえ、お父様から聞いております」

「そう。その……そのうち、ロベルトも、ここに帰ってきますわ。あの子はとても誠実、というか一途で良い子ですのよ」

「そうですか」

「今は、その親しい方に夢中ですけど、ソフィーさんを見たら、きっとロベルトは貴女に夢中になると思いますわ」

「……アリガトウゴザイマス」

棒読みになったのは許してほしい。

もし仮に彼が私に夢中になったとして、その愛人は一体どうするのだ。

「そのうちきっと、お互いにファーストネームで呼び合うようになるさ」

義父が楽しげに言う。その言い方が気になって、ジュリアは思わず聞いた。

「ファーストネームで呼び合うとは、どういう……」

「あら、ソフィーさん、社交界でたくさん聞いたでしょう？　宮廷のゴシップとか」

「あの、あまりそういうのに興味がなくて。子爵領は王都とはずい分離れていますし」

名前を呼び合うことに何か意味があるのだろうか？

……なんだか酷《ひど》く嫌な予感がする。

公爵様とはすでに呼び合っているのだが、それは何か問題になるのだろうか？

ジュリアは義母の言葉を待った。

「それはね、若い男女がファーストネームで呼ぶってことは、懇《ねんご》ろな関係になっていいですよ、って意味なの」

ぶふぉっ。

思わず盛大にむせてしまった。げほげほと涙目になりながら、ジュリアは慌てて口にハンカチをあてる。

「あらあら、ソフィーさん大丈夫？」

「すみません、大丈夫です。それで……その……」

「夫婦は当然、ファーストネームで呼び合う。けれど夫婦だけでなく、それに準じた関係だからお互いをファーストネームで呼ぶ、ということになるんだ」

義父が続けて説明をしてくれた。

「つまり……その……公の場でファーストネームで呼び合うと……その二人は恋人だということになるのですか？」

義父はいかにもという顔をする。

「まあ、そういうことだな。宮廷の舞踏会でファーストネームで呼び合うというのは、周囲に、自分たちはそういう関係だ。だから他の人は、みだりに誘惑してはいけない、と牽制《けんせい》していることになるんだ」

「まあ」

「爵位が上の者が下の者をファーストネームで呼ぶ場合は、特にそうだ。つまり、自分のものだと主張して、自分が懸想《けそう》する相手を誘惑から退《しりぞ》ける、もしくは、他の男が近寄らないようにするためのものなんだよ」

「他の殿方にとられないようにね？」

義母が面白そうな顔をして言った。

「面白いでしょう？　宮廷には、そういう約束事があるのよ。ずっと子爵領にいらしたのなら知らないかもしれないわね」

ジュリアの頭のなかに、ガルバーニ公爵の顔が思い浮かぶ。

いや、そんなはずは……すでに自分は結婚している身の上。まさか、そんなことが。

「すぐに赤ちゃんもできるわね」

義母が爆弾を投下した。

（うぁぁぁぁ！）

ジュリアは心のなかで絶叫する。もしここに誰もいなかったら、口に出して叫んでいただろう。けれど義両親の手前、ぐっとこらえた。カップをもつ手がわなわなと震えているのは仕方がないと思う。

「まあ、ソフィーさんったら、真っ赤になって……ロベルトが貴女のことをファーストネームで呼ぶのに、そう時間はかからないわね」

義母が嬉しそうに言う。

（あ、そうか。公爵様でなく、ロベルト様のことか）

もう忘却の彼方《かなた》くらいに、ロベルトのことはジュリアの頭からすっかり抜け落ちていた。

「いいお嫁さんが来てくださって、嬉しいわ。これからも仲良くしていきましょうね」

「ええ、こちらこそよろしくお願いいたします」

ジュリアはなんとか平静を装《よそお》って、かろうじて言葉を返す。けれど本当は、床の上でのたうち回りたい気分だった。

（ファーストネーム！　ファーストネームにそんな意味があったなんて!!）

義両親はそんなジュリアの気持ちはつゆ知らず、何気ない様子で別の話題に移る。

「それで、私たちも式の詳細まで知らされていなくてね。まさか結婚式を、花嫁一人で挙げた……なんてことはなかろうね？」

「いいえ。その……代理の……花婿様がいらっしゃいましたわ」

ぴくりと、義父の眉が動く。

「……それは誰だったか、聞いてもいいかな？　友人たちから王族の来賓が多かったと聞いて、私たちも驚いているのだよ」

「そんなにたくさんの王族の方が、ここまで来るなんて、すごく珍しいことなのよ。途中の町でも大騒ぎだったの。きっとその代理の方のお力だわ」

伯爵領に王族が来賓として訪れるのは、前代未聞《ぜんだいみもん》の出来事のようだ。

「ああ……それは、ガルバーニ公爵様が……」

いらっしゃったのです、とジュリアは続けようとしたが、椅子から飛び上がった義両親に遮《さえぎ》られた。

「ガルバーニ！　あのガルバーニ公爵か？」

「もう一度名前を教えて。ね、ソフィーさん。アルベルト・ジルバーニ伯爵の間違いではなくて？」

「いいえ。ジョルジュ・ガルバーニ公爵様ですわ」

「なんと！　まさかあのガルバーニか？　ジョルジュ・フランシス・ガルバーニ公爵のことか？」

「ミドルネームは存じ上げませんが」

「まあ、なんてことでしょう！」

あたふたする二人に、ジュリアはおそるおそる告げる。

「あの……今も、このお屋敷に滞在しておられますけど？」

この一言で、また義両親が飛び上がった、いや、震え上がったと言うべきだろう。

「闇のガルバーニが我が屋敷に滞在している？　あの滅多に、貴族社会に顔を出さない男が！」

「大変、すぐにご挨拶《あいさつ》しなくては。トーマス、トーマス！　すぐに着替えを用意して。旦那様の分もね。まあ、なんてこと。失礼がなければよいのですが……」

◇

ジョルジュ・フランシス・ガルバーニ公爵が老夫妻とともに過ごすことになった夜、クレスト伯爵家の長い歴史のなかで語り継がれるほど豪華な晩餐《ばんさん》会が催された。

何しろ伯爵邸に、王族に次ぐ地位である公爵家当主が来ているのだ。こうなるのは当然だった。

もっとも、ジュリアは公爵がそれほどの力を持つことなど知らなかったが。

義母は細心の注意を払って献立を決め、それは従者たちの忠誠心と努力によって、完璧に遂行された。そして執事のトーマス始め、料理長、メイドたちが力の限り奔走し、心を砕いたのは言うまでもない。

こうして素晴らしいディナーはつつがなく終わり、最後のデザート、果物、などが運ばれてくる。酒蔵で何年も寝かされていた食後酒が、長い年月を経てようやく封を開けられ、高貴な方のためのテーブルに供された。

宮廷の最重要人物をもてなすという責務に、義母は終始、興奮気味だった。

ガルバーニ公爵家は、クレスト伯爵家でさえ話しかけることが憚《はばか》られるほど高貴な家柄なのだ。

ジュリアはイチゴのデザートをフォークでつつきながら、義両親と公爵の会話を聞いていた。

「こちらの庭は、もうご覧になられました？」

「いえ、残念ながら、そんな時間がありませんでね。まだ、十分に拝見してはおりません」

公爵が、いつものように静かに答える。彼の口調は上品で、耳に心地よく響く。

「我が伯爵邸の庭は私の自慢なのです」

義父が相好を崩しながら、愛想良く言う。クレスト伯爵家は代々、素晴らしい庭を誇りにしてきたようだ。

「それはぜひ、拝見させてもらいたいものですな」

「是非とも、ご覧になっていってください」

公爵は端整な顔ににっこりと魅力的な笑みを浮かべ、ちらりとジュリアを見た。

「そうですか……。それでは、マダムに案内をお願いしても？」

「もちろんでございます。ではソフィー、お願いするよ」

義父がちょっとおどけた調子で言う。公爵が情熱的な瞳でジュリアを見つめ、少し微笑んだような気がした。

「ありがとうございます。では早速」

「今からですの？」

義母が不思議そうな顔をする。

「ええ。急用ができたので、私は明日の朝早くに立つ予定です。月に照らされた庭園も趣《おもむき》があって、素敵でしょう」

公爵が優雅に立ち上がると、他の面々も席から立った。主賓が立てば、他の人間も全員立ち上がるのがマナーだ。

「時間は大切に使わなくては。ではマダム、お手をこちらに」

公爵が優雅に差し出す手に、ジュリアは自分の手を重ねる。そしてエスコートされ、庭へと向かった。

◇

「トーマス、私たちにもう一杯、お茶を淹《い》れてくださいな」

命じられた通りに執事がお茶を淹《い》れる様子を眺めながら、夫人は満足げに口を開いた。

「今日の晩餐《ばんさん》は素晴らしい出来だったわ。料理長やメイドにもよくやってくれたと伝えておいて」

「お褒めにあずかりまして、光栄にございます。大奥様」

執事からお茶を受け取り、彼女は自分の夫にお茶を手渡した。

「闇のガルバーニと言われているから、一体どんな人かと思ったら。意外といい方でしたわね、あなた」

「ああ、全くだ。宮廷で囁《ささや》かれている恐ろしいイメージとはずい分違うから、私も最初は拍子抜けしたよ。だが、恐ろしいほど利発な男だ」

「ええ。ガルバーニ家は、陰の王家と言われているのでしょう？」

「ああ、そうだ。表舞台に絶対に出ない男だ。そんな名家が、よくロベルトの代理などしてくれたものだ。本来なら絶対にあり得ないだろう」

「ソフィーさんと二人きりで庭園を散歩させて、大丈夫かしら？」

「高位の貴族の申し出を断るわけにはいかん。それに、あの男とて貴族だ。女をくどくなら、宮廷のしきたりに従うだろう。互いにファーストネームで呼んだりしていなければ、問題ないだろう」

「ファーストネームの次の段階も含めて、ソフィーさんはそういうことをあまり知らないようだったけど……」

「まず、ファーストネームで呼び、相手の女性を花にたとえ、愛を囁《ささや》き自分の庭園に誘う……紫月《しづき》か銀月であれば、誠実な愛情で、橙月《とうげつ》か白月《はくげつ》であれば、一時のお遊びか、愛人として……だったか。他に何かあったと思うのだが、もう忘れてしまったな。それにしても、懐かしいな」

前伯爵は、妻に微笑みかけた。彼女は楽しそうに、相づちを打つ。

「古い約束事ですわね。とても古風な……そういえば、あなたは、私を香り高いプラムの花と呼びましたわね。そして、この庭園に連れてきてくれた」

夢見がちな表情で、夫人はくすくすと甘い笑いを漏らした。

「それにしても、宮廷のあの話は彼女には教えないほうがいいだろう」

「あら、どうして？」

「そんなことを教えて、他の男に彼女をとられたりしては大変だ」

「あら、ソフィーさんのことをずい分と気に入られましたのね？　まあ、私もそうですけど」

「ああ、ロベルトが戻ってくるのが楽しみだな」

「本当にそうですわね。あの子を見たときにロベルトがどんな顔をするか。楽しみですわ」

「ソフィーは、彼によく似ている……血は水よりも濃いとは、よく言ったものだ」

前伯爵が感無量な様子で言う。

「チェルトベリー家の血統に知り合いはいないはずでしたけど？」

不思議そうに言う夫人に、彼は静かに続けた。

「現在の当主であるチェルトベリー子爵は、元々は、マクナム伯爵家の次男なのだよ。婿養子として、チェルトベリー家に入ったのだがね」

「まあ、マクナム伯爵家といえば、騎士のリチャード様の？」

「ああ、リチャード・マクベリー・マクナム伯爵だ」

「まあ！　なんて素敵なことでしょう、あなた。私たちが、リチャード様と縁続きになったということなの？　あの英雄と呼ばれたリチャード様と？」

「ああ、王太子殿下もよく考えられたものだ。あのマクナム伯爵の縁続きの子女であれば、ロベルトだって異論はないだろう」

「いきなりロベルトの婚姻が決まったと聞いたときは、驚きましたけどね」

「ああ、そうだな。それにしてもソフィーは、マクナム伯爵によく似ている。目元なんか、そっくりだな。あれで、剣を持たせたら、きっと痺《しび》れるくらい似ているだろう」

「リチャード様といえば、すべての騎士の理想であり、憧れですものね。彼と縁続きの令嬢と婚姻を結んだなどと知れたら、ロベルトは騎士団で大変よ」

「ああ、遠縁とはいえリチャード様の血を引く子ができるのだ。騎士団の者たちもうらやむことだろう」

「全くですわ。王太子様も粋《いき》な計らいをしてくださるのね。感謝しなくては」

「あの方は、思った以上に配下を大事になさる方だな」

「ええ、そうですわね。ああ、早くロベルトが帰ってこないかしら。待ち遠しいわ」

「全くだ」

感無量で話している夫妻は、そのころ、庭園で何が起きているか、知るよしもなかった……

◇

そのころ、ジュリアは公爵に連れられて、夜の庭園を歩いていた。ふと彼が立ち止まり、ジュリアの顔を見つめる。

「寒くない？」

「大丈夫です」

「いきなり連れ出して驚いた？」

「ええ……ほんの少しだけですけど」

いささか堅苦しかった晩餐《ばんさん》の席を後にして庭に出た途端、ジュリアは安堵のため息をついていた。今日会ったばかりの義理の両親といるより、公爵と二人きりのほうがずっと気楽だ。公爵の腕に手をかけながら、ジュリアは月明かりに照らされた道をゆっくりと歩いた。

夜の花々が幻想的な光景を作り出し、別世界のように見える。

そんな庭園のなかを、二人は言葉少なに歩く。しばらくして、彼が足を止めた。そこには月の光に照らされた真っ白なプラムの花が、美しい姿をさらしていた。

「ほら、見てごらん。月に照らされた花も美しい」

木に近づくと、かぐわしい香りが鼻腔《びこう》をくすぐる。空を見上げれば、満天の星が銀色の光を放っていた。

「とても綺麗な夜ですね」

ジュリアの言葉に、公爵も穏やかな様子で同意する。

「……そうですね。何もかもが、とても美しい」

（公爵様は、どうして、ファーストネームで呼ばせたがるのだろう？）

ジュリアはプラムの花を見つめながら、彼の意図を推し量ろうとしていた。もし、自分たちが恋人同士という関係になるためであれば、彼はもっと積極的に迫ってきてもいいはずだ。それなのに、彼は紳士的で、とても礼儀正しく、そんな下心はこれっぽっちもないように見える。

彼は公爵というかなりの地位にいる人だ。舞踏会や王宮では、たくさんの魅力的な女性に囲まれているはず。

その公爵は、いつもとても優しくて、親切だ。彼の親切心が自分だけに向けられているはずないのに、何故かそんな気がしてしまう。

ジュリアはそっと苦笑した。

暗がりで顔が見えなくてよかった――

やっぱり、名前で呼んだら恋人同士になった証《あかし》だなんて、何かの間違いにきまっている。

「明日、出発なさってしまうのですね」

つい胸の内をさらけ出すかのような言葉がポツリと零れ落ちた。その言葉には、思いがけず寂しそうな響きが込もっている。

「私にも負うべき責務というものがあるのだよ」

そうか。

きっと、この人にこうして会うのはこれが最後になるだろう。

彼が領地に帰ったら、もうここに来る理由はない。

この先もしかしたら、どこかの舞踏会などで会うかもしれないが、そのときはお互いに会釈《えしゃく》をして、通りすぎるだけだろう。

「……ぼんやりと何を考えているの？」

「あの……いろいろなことを」

「たとえば？」

「宮廷の舞踏会とか、そういうことを」

「ああ、舞踏会用のドレスを纏《まと》った君は、さぞかし素敵だろうね」

「当分、無理だと思いますわ」

「何故？」

彼が不思議そうに聞けば、ジュリアは口元に少し、決まりが悪そうな表情を浮かべた。

「お金は全部、町を復興させるのに使ってしまいますから。舞踏会だなんて、とても——」

無理です——と続けようとして、公爵に遮《さえぎ》られた。

「ご覧なさい。あの薔薇《ばら》を」

真っ白な薔薇《ばら》が月の光に照らされ、美しい姿をさらしている。

「……綺麗」

月が雲に隠れてしまった。暗い庭のなかで、公爵が今どんな表情をしているのかジュリアにはわからない。

「我が公爵邸も、これに劣らないくらい美しい庭園があるのですよ」

「まあ、素敵ですね」

「そう……紫月《しづき》には、一番綺麗になります。私がこよなく愛しているのは、百合《ゆり》の花でね」

紫月《しづき》というのは暦《こよみ》のことで来月にあたる。

「百合《ゆり》ですか？」

「そう。純白の気高い花です。まるで貴女のようだ」

ガルバーニ公爵がつかの間口をつぐむ。そのまましばらく、二人は腕を絡め、再び雲の隙間から顔を出した満月を眺めた。

「紫月《しづき》に……私の庭園を見にいらっしゃい」

ジュリアは驚いて彼の顔を見た。

彼と二人で会うのはこれで終わりだと思っていたのに、彼の屋敷に招待されたのだ。

公爵の意図がわからず、ジュリアは黙ったまま彼の顔を見つめた。なんと返事をすればいいのだろう。

私の庭園にいらっしゃい、と彼は言う。

公爵の領地はどの辺りなのだろう？　ここから徹夜で馬を飛ばせばつく距離にある、というのは前に聞いた。自分だって、徹夜で馬を駆るくらいは簡単にできる。

「紫月《しづき》が、最も庭園が美しくなるのです。ぜひ、それを貴女にも見てもらいたい」

耳元で囁《ささや》く彼の声は熱心で、甘い毒に痺《しび》れてしまいそうだ。

「きっと……素敵なお庭なのでしょうね」

ひとりでに言葉が零れ落ちた。

「では、決まりだ」

満足げに彼は微笑み、ジュリアの腰に軽く手を添え自分のほうへと引き寄せた。

彼が触れた部分が、とても熱い。

ジュリアは戸惑いながらも、拒絶しようという気にならないことに驚いていた。

公爵が口元に上品な笑みを浮かべる。

「貴女が来られるように、きちんと手配しておこう。その日が楽しみだ」

「本当に、伺えるでしょうか」

「大丈夫、私が保証する」

公爵が力強く頷く。ジュリアはいつしか、彼の庭園で、今みたいに彼に連れられて散歩している自分の姿を思い描いていた。きっと、楽しいに違いない。

「ソフィー」

大きなプラムの木の下で、ふと彼が名前を呼んだ。

ジュリアは足を止め、彼を見上げる。月光に照らされながら、彼は何か言いたげな熱い眼差しで、ジュリアをじっと見つめていた。

突然、温かいものに包まれたと思ったら、ジュリアは公爵の胸のなかに抱きしめられていた。

「……っ」

驚きすぎて、声が全く出ない。

(ああ、神様、こんなことが起きるなんて!)

「静かに……このままで」

彼の胸は思った以上に広くて、温かだった。

彼の腕のなかで、ジュリアは驚きながらも目をつぶる。そして、従順な小鳥のようにじっとしていた。

見た目以上に筋肉質で逞《たくま》しい胸は、きっと、ジュリアが力一杯押したとしてもびくともしないだろう。

微《かす》かに漂う麝香《じゃこう》の香り。古めかしく、懐かしいような気がする。それが、公爵が纏《まと》っている香りだ。

「そうだ……いい子だ」

彼の声が少し掠《かす》れているような気がする。先にある何かを渇望するような、そんな声。

もっと彼と一つになりたいという、焦燥感に似た感情が掻き立てられる。

頭が麻痺《まひ》してしまったようだ。甘くて、そして危険な毒。それは、考える力をすっかり奪ってしまう……

「あ、あの……」

ジュリアは驚いて彼の顔を見上げた。

「……私は、貴女と祝言《しゅうげん》を挙げましたからね」

「祝言《しゅうげん》……」

ジュリアの呟きに、彼はそのまま言葉を続けた。

「そう。貴方の花婿はこの私だ」

優しく微笑んだ彼は、そのままジュリアの頬に軽く唇を添わせた。ぞくり、と熱い感覚がジュリアの背に伝わる。

「では近いうちに、貴女を迎えに参りましょう」

体を離すと、公爵は満足げに微笑んだ。

ぼんやりとしたまま、公爵に連れられ屋敷へ戻る。

「お休み。私の愛しい人」

玄関ホールに足を踏み入れたところで、彼はジュリアの頬をそっと指の背でなぞって言った。

「……お休みなさい」

部屋に戻るジュリアを見送る公爵に、伏し目がちになんとか返事をする。そして部屋に入り、扉を閉めた。

寝室に入るやいなや、ベッドにぽすんと倒れこみ、枕に顔を埋める。

目をつぶると、麝香《じゃこう》の香りと、彼の体温と、逞《たくま》しい胸に抱かれた感覚が鮮やかに蘇《よみがえ》る。昨日まではは顔も知らなかった人なのに……

この先どうしたいのか、どうしたらいいのか——。ジュリアにはさっぱりわからなかった。

第三章

翌朝早く、公爵は王都へと旅立った。

それからというものジュリアは執務室にこもり、公務に没頭している。

積もり積もった領地の問題をできるだけ早く解決しなければ。真剣に手もとの資料に集中する。

まず手始めに、住人の食糧確保と医療支援を同時に。そこに目処がついたら治水対策。

病人を町外れの修道院に収容し手厚くケアしつつ、町の清掃と復旧を行《おこな》う。

食糧は他の領から調達だ。

打撃を受けた経済活動もなんとかしなければ。農地や町の復興も優先事項に入っている。

ジュリアが公務をはじめて、しばらくが過ぎた。

「お前……本当に、人使いが荒いな」

子爵領から来てくれたマークが、ぶつくさと言う。

「諦めろ。それが運命だ」

マークとは、これまでに数多くの作戦をともにしている。彼と二人のときは、いつも通りの話し方で問題ない。しなければならないことはたくさんあるのだから、そんなことにまで気を使ってはいられない。

今回マークは、チェルトベリー子爵の娘の嫁《とつ》ぎ先での危機に、子爵領から応援を派遣する、という名目でやって来ていた。実際のところは、ジュリアが「マークをよこせ」と子爵を半ば脅《おど》すようにして、ぶん取ったのだが。

コンコンと、ドアを叩く音がする。

「どうぞ」

きっと、執事のトーマスだろう。ここで「入れ」と軍隊口調で言うわけにはいかない。

「奥様にお手紙でございます」

執事が恭《うやうや》しく、銀盆の上に載った手紙を差し出した。差出人は、夫であるクレスト伯爵だ。ジュリアの眉間に皺《しわ》が寄る。

旦那様から手紙……ジュリアは急いで封を切り、ざっと中身に目を通す。

「まあ……予想どおりなんだけど……ね」

そこには、婚姻が決まったと王太子から直々に告げられて、戸惑ったこと。彼が愛するのはエミリーただ一人であること。自分たちは、愛情溢《あふ》れる夫婦関係を結ぶことが不可能であること、などが書かれていた。

しかし、王太子がお膳立てした婚姻であり、今更、離縁するわけにもいかない。とても申し訳ないので、君は君で、ロマンスの相手を見つけて欲しい。自分は、君の恋愛を邪魔することはしないから、誰か別の人と好きなようにしてもらって構わない。君が誰と関係を結ぼうと私は気にしないから君も……

読み終えたジュリアは、その手紙を躊躇《ちゅうちょ》なくゴミ箱に棄《す》てた。

ジュリアは今、すごく忙しいのである。伯爵領は現在、とても悲惨な状況に陥っている。今は、惚《ほ》れた腫《は》れたなどという話など不要だ。

なんだったら、いっそのこと彼は領地に戻ってこないほうがいいかもしれない。それともエミリーに熨斗《のし》をつけてさしあげてしまおうか。

「……何だ。夫からの手紙か？」

マークが、すっきりとさわやかな笑顔で聞いてきた。

（こいつ、面白がってるな？）

マークは、とてもいい性格をしていて、市井《しせい》で井戸端会議をしてるおばちゃんたちと同じくらい、他人のあれこれに好奇心が旺盛なのだ。

「それでなんて？」

興味津々《きょうみしんしん》な様子に、やっぱり、と思う。

「愛人のことが大好きだから、仮面夫婦でいよう、とさ」

素っ気なく、ジュリアが言う。

「そうか」

「当分帰ってこられないって」

「まあ、なんとも、あっさりした新郎だな」

「顔も知らん男のことなんか知るか」

まあ、好きにしていていいなら、好きなようにさせてもらおう。

ジュリアはそれっきり、ロベルトのことをあっさり忘れた。

繰り返しになるが、今の自分は、本当に忙しいのだ。誰かさんが責任を放棄して、遠征に出かけてしまったから。

「まあ一応、彼の領地だから、ご領主様に報告くらいはしておいたけど。手紙が入れ違いになっているみたいだな」

マークがぎょっとしたような顔をした。

「お前、今、『報告』って言った？」

「ああ、言ったけど。何か？」

「まさか、お前、いつものやつを書いて送ったんじゃないだろうな？」

「ああ、その通りだが、何か問題でも？」

マークは、がっくりと項垂《うなだ》れ、額《ひたい》に手を置いて俯《うつむ》いた。脱力感満載のマークを、ジュリアは問い質《ただ》した。

「それの何がいけないのだ？」

「新妻が夫に向けて書く文章じゃないだろう！」

「いいじゃないか！　あれが一番、効率的なんだ」

痛いところをつかれて、ついジュリアは逆ギレした。

ジュリアだって、悩んでいたのだ。夫に向けた手紙の書き方なんて、今まで考えたこともなかった。いろいろ書いては、なんだかピンとこない、と破り捨て、また新たに書き、『これじゃない感』をひしひしと感じては、破り捨てる。挙げ句の果てには机の上で悶絶《もんぜつ》しすぎて、執事のトーマスや侍女らに生ぬるい目で見られたことを、この男は知らない。

そんなこんなで結局、悩んでいるのがめんどくさくなり、もういいやっ、といつも書いている形式で送ったのだ。

「お前……な。あれは、女が書くもんじゃないだろうがっ！」

「そもそも、今まで私は女扱いされたことなんてなかっただろうが！」

切れるジュリアに、マークはまたため息をつく。

女としての素養をどこに落としてきたんだと呆れ顔のマークを、ジュリアはそしらぬ振りをしながらやり過ごした。

◇

戦地の前線には、時折士官たちが、手紙を届けにやってくる。それは家族や恋人からのもので、届くのを心待ちにしている兵士も多い。

「ロベルト、お前の花嫁から手紙を預かってきたぞ」

そんなわけで今日、ロベルトのもとにも花嫁からの手紙が届けられた。持って来たのは、ロベルトの同僚である士官だ。

彼は、遠く離れた新婚カップルに愛のメッセージを運んでやっているんだと自負しているらしく、意気揚々《いきようよう》とロベルトに手紙を差し出してきた。

ロベルトは、手紙を受け取るや否《いな》や、士官の目の前で封を切った。その目を文面に走らせる。

「……」

嫁《とつ》いだばかりの花嫁からの手紙であれば、甘い言葉に頬を緩めながら、かぶりつくように目を通すのが普通のはずだ。それなのに、読み進めるロベルトには、そんな様子が全く見当たらない。

それどころか、彼の顔には次第に困惑の色が広がっていく。

「どうした？　新婚の花嫁からの手紙だぞ。嬉しくないのか？」

不思議そうな顔をする同僚に、ロベルトは困ったような顔を向ける。

「……それが、不思議なんだ」

「何が？」

「まあ、見ればわかる」

そう言ってロベルトが差し出した手紙を、彼はためらいがちに受け取った。

「……いいのか、見ても」

「ああ」

手紙を受け取った彼は、その手紙を声に出して読み上げ始めた。

「一……伯爵邸に金貸しが取り立てに来ました。三千万ギルダーを支払えとのこと。詐欺《さぎ》と考えたため、退散願いました。二……クレスト伯爵のご両親がお見えになりました。三……洪水に伴い、町の衛生状態が著《いちじる》しく悪化、チェルトベリー子爵領より私兵三百名を借りて投入し、疫病《えきびょう》対策に着手……なんだこれ？」

「……見事に用件しか書いてない」

嘆息しながら、ロベルトが言った。

「しかも、全部箇条書き」

「変わってるよな？」

「さらに、領地の問題の報告に三十ページ。お前の領地は、一体どれだけ問題抱えてんだ？」

そこまで言って、ついに彼は我慢しきれなかったようで、ぷっと噴き出した。

「確かにうちは今、問題が多いが……ここまで書く根性も凄いと思わないか？　しかも、最後に、以上って、締めくくってる」

「くくく……以上ってなんだ？　『以上』ってさ」

「……そんなに笑わないでくれ」

「だって、これはある意味斬新だぜ。花嫁からの手紙にしては」

「でも、これって絶対、報告書だよな？」

俺の目は間違ってないよな？　と聞くロベルトに、同僚は相づちを打つ。

「ああ、間違いなく報告書だ。愛を囁《ささや》く言葉なんか、全く見当たらない」

「もうちょっと、こう……叙情的な手紙を期待していたのだけどな。たとえば、一日も早くお帰りください、とか。式にいらっしゃらなくて、寂しかったとか」

ロベルトは、なんだかがっかりした気持ちになった。結婚生活に全く期待はしていなかったはずなのに、こんなにあっさりされると、逆に気になる。自分のことは棚に上げて、と思わなくもないが、しかしこれは新婚の花嫁から夫への手紙ではない。というか、そもそも女性が書く文面ではないだろう。

ううむ……と悩みながら、ロベルトは腕を組んだ。

「おまえ、嫁さんに何かしたか？」

「……それが、心あたりが全くないんだ」

彼女の手紙の日付は、おそらくロベルトの手紙が届く以前のものだ。彼女が送りつけてきた手紙のなかに、愛人がいることを責める内容があれば、ロベルトもここまで困惑はしなかっただろう。しかし現実にロベルトが手にしたのは、ただ単純に事実だけを記載した、分厚い報告書の束だ。

その様子を見ていた同僚は、とある結論に達した。

クレスト大隊長の結婚生活は、結婚初日から破綻している！と。

クレスト伯爵は、由緒ある家柄に生まれ、こんなに整った容姿をしているのに、妻という存在から冷たくあしらわれているのだ。

同僚から注がれる優越感に満ちた視線に、ロベルトは遅ればせながら気づいた。

「お前……兵士たちに変なこと言うなよ」

「言うわけないだろ」

「嘘つけ。目が笑ってるぞ」

ロベルトは、ふて腐れたように言う。士官は、手紙の最後の一行を読み上げた。

「復興は、順調に進んでおります故、心おきなく戦地での職責に励まれますように……か」

「最後の一行だけ、まともだな」

「ああ。要するに、しっかり働け……と。結局、それが言いたかったのか」

二人は思わず、顔を見合わせた。それって、人として、何かが大きく間違っているような気がするのだが……

「ああ、待て、次のページの最後に追伸が書いてあるぞ。エミリー嬢のことが」

分厚い書類の最後の一ページを、ロベルトは見落としていた。

「なんだとっ？」

血相を変えて同僚から手紙を奪いとると、ロベルトは素早くその文面に目を通した。

「俺の、俺のエミリーに何かしたら、ただじゃおか……あ？」

ロベルトが眉を顰《ひそ》め、再度、手紙を読み直す。

「なんだ、なんて書いてあった？」

「……エミリー嬢の栄養状態、ならびに体調が著《いちじる》しく悪化していたようなので、薬湯と、温かい薬草粥を一日三回食べてもらっています。エミリー嬢は、アセダミという薬草が効き、順調に回復しています。……って」

「はあ？」

「だから、エミリーの面倒をよく見て、病気にかかったが回復してるってことだ。そういうわけで、心配せず仕事に励め、ということか」

同僚は一瞬沈黙したが、何か納得したかのように口を開いた。

「……お前の嫁さんは、人がいい、というか、何というか……。王太子が贈った多額の祝い金も、町の復興につぎ込んだみたいだしな……って、それはお前も知っているだろう？」

「なんだって？」

手紙には、そんなことは一言も書かれていない。

「祝い金を？　ドレスや宝飾品に使うものなんじゃないのか？」

「領地のために使ったらしいぞ。再来月に王宮で催される舞踏会、彼女どうするんだろうな？　王太子のお声がかりで結婚したんだから、安物のドレスで出たら、殿下の顔に泥を塗ることになる。今のクレスト伯爵家は、彼女のドレスを新調する余裕はないだろ？」

ロベルトの顔色が一気に青くなる。ここにきてようやく、自分が書いた手紙の内容に思い至ったのだ。

「俺、ソフィー嬢に、エミリー以外は愛せないって書いて送った……」

どうしよう、とロベルトは思わず頭を抱える。

「誰か他の男と関係を結んでくれて構わないって、書いた……」

「馬鹿か、お前。愛人がいるにしても、礼儀ってもんがあるだろ！」

もう、返す言葉がない。エミリーのことで、頭がいっぱいになっていたのだ。

「よく現実を見ろ！　一度も会ったことのないその花嫁は、傾きかけてる財政難のお前の領地に、殿下の祝い金をつぎ込んだんだぞ。しかも、夫の愛人の面倒も見てくれている。お前、頭があがらないだろうがっ」

「チェルトベリー子爵令嬢は、男癖が悪くて、頭が軽い女じゃなかったのかっ？」

ロベルトは、ちょっとヒステリックに言った。

「俺に聞いても、そんなこと知るか」

せっかく手にした多額の金を、領民のためにつぎ込んでいるなんて……そんな話、全然聞いていない。

ロベルトの良心がちりりと痛む。

……俺は、彼女になんて仕打ちをしてしまったんだろう。彼女だって、望んで嫁《とつ》いできたわけではないだろうに。

「それに……」

士官が、ぽつりと告げる。

「お前の領地の疫病《えきびょう》は、凄いスピードで沈静化されているそうだぞ」

「なんだと？」

ロベルトは、自分の耳を疑った。まさか、そんなことが可能なのか？

「お前の奥方様が、大量の男どもを雇い入れて、食糧だの薬草だのを領民に配布しているそうだ」

「あの疫病《えきびょう》が、そんなに短期間で沈静化できると言うのか？」

「俺だって、初めは嘘かデマかと思ったさ。だが現実に、領民はソフィー様熱に浮かされているそうだ。クレスト伯爵家は神の加護厚く、聖女様を遣わされたって。そりゃあもう、すごい人気だぞうだぜ」

にわかには信じられない話に、ロベルトは言葉をなくした。

「お前の奥様は、修道院に孤児を収容して、面倒みさせてるって。その子供たちは、奥様が来なければ生き長らえることすらできなかったと、もっぱらの噂だ。それにな、なんでも新しい伯爵夫人は、すごい美人なんだそうだ」

「は？」

「だから、すごい美人だと」

「そうなのか？」

ロベルトは我が耳を疑った。軽薄で、悪趣味な感じの娘を想像していたのだ。

「農民たちも、美しい奥様から励まされて、俄然《がぜん》、やる気になったらしくてな。畑の復興に懸命になってるよ。もしかしたら、苗の植え付けに間に合うかもしれないって」

「嘘だろ？」

「お前の愛人、えーっと、エミリーと言ったっけ？　彼女は、従者のなかでも、床磨きやゴミの処理なんかをする、一番下の使用人の娘だったんだろ？　よく考えろ。その娘が領主の妻として、本当にふさわしいのかどうか」

「……エミリーのことを悪く言わないでくれ」

憤《いきどお》ったロベルトに、同僚は落ち着いた声で、しかしきっぱりと言う。

「ああ、そうだったな。だが、いいか。お前の肩にかかっているのは、エミリー嬢だけじゃない。農民や他の人間だって、お前の庇護を必要としているんだ」

「ああ……そう……だな」

「花嫁さんだって、いきなりあれじゃ可哀想だぞ。……それにしてもお前、どうするんだ。再来月の結婚のお披露目は、宮廷の舞踏会に合わせてやるんだろ？　女のドレスのことなんか俺は詳しく知らんが、あれは、数ヶ月前からかなり念入りに準備するものだろうに。俺の妹たちなんて、血相変えてドレスをあつらえるのに夢中だからな。だがお前の嫁さんがやっている救済の規模を考えたら、ドレスを新調する金も時間もなさそうだ」

「ああ……お披露目だからな。きちんとした格好でいかないとまずいな」

「きちんとするどころか、宮廷は贅《ぜい》を競いあう場所だってわかってるだろ？　嫁さんに変なものを着せたら、彼女のみならず、お前も社交界の笑いものだ。それどころか、殿下の顔にも泥を塗ることになるんだぞ」

「きっと、彼女、そんなことにまで気が回らないんだろうな」

「ようやく気がついたか。その通りだと思うぜ」

「俺……なんとしても、領地に帰らなければ。彼女を一人で放ってはおけないよ」

当主である自分が頑張らなくてどうするのだ。

それに、そこまで頑張っている彼女を、笑いものにさせるわけにはいかない。

「やっと、領主としての責任に目覚めたか」

同僚が、にまにましながらロベルトを見つめる。

ロベルトはすっと椅子から立ち上がり、真剣な表情を浮かべた。

「今すぐ、上級士官たちを招集してくれ。こんなところで時間を無駄にするわけにはいかない。数日以内に敵に奇襲をかけて、一気に叩きつぶす。そして、とっとと領地に帰るぞ」

エリゼル王太子は、すでに宮廷へ戻っている。すべての指揮権はロベルトにあった。

「その気になったか」

「ああ。こんなところで、グズグズしている場合じゃない」

俺があの領地を守ると、ロベルトは自分の心に固く誓う。

由緒あるクレスト伯爵家に生まれついてから、自分が追うべき責任を、この日以上にロベルトが感じたことはなかった。

ロベルトの領主としての責任感が、ついに目覚めた瞬間だった。

◇

ロベルト・クレスト伯爵が、遠征先で花嫁からの不思議な手紙に頭を悩ませていたころ。

宮廷では、エリゼル王太子のもとを、ガルバーニ公爵が訪れていた。

チェルトベリー子爵令嬢について、直々に話を聞きたいとエリゼルが申し入れていたためである。

公爵が宮廷の奥のエリゼルの執務室の前に立てば、無言のまま守衛が扉を開く。

「ああ、公爵、急に呼び出してすまなかった。遠路はるばるご苦労だったね」

エリゼルが鷹揚に言えば、公爵は無言で頷いた。

「まあ、座ってくれたまえ」

エリゼルに促され、公爵は静かに椅子に腰をおろす。

二人は一瞬黙りこみ、人払いされたエリゼルの執務室に静寂が広がった。

窓の外に灰色の雲が暗い影を落としながら広がり、どこかで雷鳴がとどろく。

王太子は一瞬窓の外を眺めてから、自分の前で静かに控えているガルバーニ公爵に尋ねた。

「それで……ロベルトの花嫁はどうだった？」

「そうですね。クレスト伯爵夫人、いやチェルトベリー子爵令嬢は……」

エリゼルは机の上で両手を組み、まるでゴシップにでも耳を傾けるように、面白そうに公爵を眺める。彼の美しい顔立ちの上には、魅惑的な微笑みが浮かんでいた。

「結論から申し上げますと、チェルトベリー子爵令嬢は、貴族令嬢としては、かなり粗《あら》が目につく方かと存じます」

「おやおや、かなり手厳しいね。彼女の結婚式のために、徹夜で馬を飛ばした君のセリフとは思えないよ」

王太子の口調は茶化すように軽いが、目の奥に、鋭い光を湛《たた》えている。

「結婚式に参加せよ、とのご命令でしたから」

公爵は素っ気ない様子で話を進める。一見不遜《ふそん》とも思えるその態度を、エリゼルに咎《とが》められたことは一度もない。公爵が表情を露《あら》わにしないのは、いつものことだからだ。

「命令、と言っても、命令された者を無理やり退《しりぞ》けて、自らが行くと手を挙げたのは君だ。珍しいこともあるもんだね」

「私は、殿下のためでしたら、いつでもはせ参じるつもりでありますが」

「ふっ。建国以来の陰の王家と呼ばれている公爵家の者からそう言われても、額面通りには受け取れないけどね。——闇のガルバーニ公爵。公爵家の支持なき王家は滅亡の運命をたどる。昔から、よく言われていたことだ」

「お褒めにあずかり誠に光栄です」

「まあ、君のせっかくの忠誠の言葉だから、ありがたくいただいておくよ」

王太子はにやりと笑う。

ガルバーニ家は、王族とは縁続きで、かつて、陰から王家を操っていた時代があった。公爵家の後ろ盾がなければ、王族とて、玉座を保てない時代もあったのだ。その歴史を、この賢明な王太子は忘れてはいないようだ。

まだ若いとはいえ、エリゼルには油断ならない狡猾《こうかつ》さがある。

お互いの腹の内を探るような間が一瞬あいたのち、公爵が言葉を紡《つむ》ぐ。

「それで、チェルトベリー子爵令嬢をクレスト伯爵家に無理やり嫁《とつ》がせた理由を、お伺いしてもよろしいでしょうか？」

普段自分の真意を明かさないエリゼルに尋ねるだけ無駄かもしれない、と思いながら公爵が尋ねる。公爵の予想に反してエリゼルは、あっさりとその真意を明かした。

「ロベルトの愛人のエミリーが私は気に入らない」

「愛人が、ですか？」

「ああ、いろいろあってね」

エリゼルが煩《わずら》わしそうに言う。

「だが私がエミリーを始末したら、ロベルトは私に反発するはずだ。それはどう考えても得策ではない。けれども、チェルトベリー子爵令嬢がしでかしたことなら、私には何の非もない」

エリゼルは肩をすくめ、同意を求めるかのように公爵に視線を向けた。

「それは歓迎すべきことなんだけどね。ただ、そんなに頭の足りない女なら、いつまでもロベルトに縛りつけておくのは可哀想かもしれないいな」

つけ加えるように言ったエリゼルに、公爵は静かな声で言った。

「殿下、私は、クレスト伯爵夫人が頭が足りない、などと言った覚えは毛頭ございませんが」

公爵の言葉が冷たく響く。その氷のような風貌からは、温かい血が通った感情は何一つ感じられなかった。

「へぇ？　だって、貴族令嬢としては不適格なんだろう？」

おやおやといった様子で公爵を見つめるエリゼルの目に、好奇心がちらちらと見え隠れする。

「そうですね。貴族令嬢としては足りない点は多々見受けられます。宝飾品の値段にも疎《うと》いようですし。……おそらく、淑女としての教育が十分ではないせいかと思われます」

「ほら、やはり頭の軽い女なのだろう？　宝飾品の値段一つ知らずに買い物するのなら、すぐに財布が空になってしまうな。私が送った祝い金も、瞬《また》く間に散財してしまうだろう」

クレスト伯爵領の財政が著《いちじる》しく悪化していることは、エリゼルの耳にも入っている。

「いえ。端的に言えば、伯爵夫人は非常に聡い方です。実務的で理路整然としていますから、管理者としては、実に優《すぐ》れた資質を有しております。発生している疫病《えきびょう》も、近いうちに収束するでしょう」

「……へえ。にわかには信じ難いな。私が送った巨額の資金は何に使ったんだい？　ドレスか？　宝石か？」

金髪の王太子が、探るような目で問いかける。

「疫病《えきびょう》を抑えるための薬草、ならびに、住民への食糧費、医療費などに使われておりました」

「自分のものを一切買わずにか？」

エリゼルの言葉には、信じられない、というニュアンスが感じられる。

「ええ。真っ先に大量の薬草を買い付け、必要な人員を雇い入れていました。疫病《えきびょう》の沈静化は、おそらく時間の問題でしょう。数週間以内には目処が立つかもしれません」

「なんだと？　あの規模の疫病《えきびょう》が数週間以内に収まるだと？」

「はい。感染源の特定と、封じ込めが実に的確なのです。チェルトベリー騎士団から借り受けた兵も非常に上手く使いこなしています」

その報告に、エリゼルがしばらく黙りこむ。何か思案しているようだ。

そんな王太子に、公爵は言葉をつけ加えた。

「伯爵夫人は、非常に有能です。一地方領主の妻にしておくのはもったいないかと」

「チェルトベリー子爵令嬢がか？」

「ええ。噂は、ある意味で正しく、ある意味では正しくなかった、ということでしょうか」

「ただの、頭の軽い娘だと聞いていたんだがな」

悔しそうな顔をする王太子に、公爵はまた静かな口調で語りかけた。

「ただ、この疫病《えきびょう》のせいで、クレスト伯爵家は経済的にかなり困窮しております。それに領民の被害も大きく、今年は作物の収穫をほとんど見込めないでしょう。疫病《えきびょう》を沈静化できたとしても、あの財政難から抜け出すのはかなり困難なことかと」

「もうすぐ宮廷の大舞踏会があるのに、祝い金を使い切るなんて、狂気の沙汰だな」

舞踏会に来るのに、ドレスなしでどうするんだろうね。と、王太子の顔に嘲笑が浮かぶ。

「伯爵夫人は舞踏会には興味がないそうです。今の経済状況を考えると……おそらく、舞踏会への参加は不可能でしょう」

エリゼルは驚いたように、ぴくりと眉をあげた。

「夫の将来は、貴族のコネクションと大きな関係があることを知らないのか？　舞踏会に来ないのは論外だし、来たとしてもみすぼらしいなりをした貴婦人なんて、誰も相手にしないよ」

だから多額の金を贈ったのに、やはりその女は頭が悪いのだ——エリゼルが言葉の端々にそんな不快感を表して言う。

「君の報告に水を差すようで悪いが、私にはやはり信じられない。それに伯爵夫人があのたちの悪い疫病《えきびょう》を沈静化できるとは思えない。すぐに金を使い果たして、あそこから逃げ出すのは時間の問題だと思うんだが。だから、それまでにエミリーという愛人を煮るなり焼くなりして、好きなように処分してくれればそれでいい」

「左様でございますか」

ガルバーニがこれだけ言っても、王太子はまだチェルトベリー子爵令嬢を頭の悪い女としか思っていないようだ。

「面白いじゃないか。ひとつ、伯爵夫人がこの状況をどう扱うのか楽しませてもらうことにするよ」

ガルバーニ公爵が何と言おうが、自分の目論見は今まで外れたことがないのだとエリゼルは思っているようだ。

過信によって、人は真実を見誤る。

王太子も策を弄《ろう》しているようだが、まだ若い、ということか――

ガルバーニは目の前の青年を心のなかでそう評すると、一礼して部屋から出ていった。

エリゼルのもとを出た公爵は、大急ぎで自分の屋敷に戻ると、側近を呼んだ。そして、ある男を自分のもとに寄越すよう告げる。

ほどなくして、一人の男性が公爵のもとにやって来た。

「直々にお呼びとはお珍しいことですね」

ガルバーニ公爵家には、闇の部分の仕事を担当する者が多数いる。公爵家で働く従僕《じゅうぼく》はもちろんだが、表向きには王宮の従者や庶民であっても、真の姿はガルバーニの密偵というものは少なくない。その範囲は広く、貴族のなかにさえ、ガルバーニ家の息がかかったものは大勢いる。

今日、呼びつけた男は、それなりの領地をもつ侯爵だ。伊達男として、宮廷で知られてもいる。彼は社交界でも顔が広く、その影響力も強い。ジョルジュの目論見を遂行するには最も適切な男だろう。

「君に少々頼みがあるんだが」

綺麗に着飾った男の顔に、少しの好奇心が浮かんだ。しかし彼は何も言わず、礼儀正しくジョルジュの言葉を待つ。

大切な用件を依頼する場合、ジョルジュは必ず自分で直接伝えることにしている。もっとも、それほど重要な件は滅多にないのだが。

「クレスト伯爵領周辺の全てのクチュリエに、仕事を入れてもらいたい。それも、伯爵家と同等かそれ以上の家柄のものから依頼させろ」

ジョルジュは、冷たく響く声でその男に命じた。

「……それは、クレスト伯爵家に王宮の舞踏会用のドレスを作らせない、という意図でございましょうか？」

「ああ。その通りだ。伯爵家以下のものの依頼であれば、クチュリエたちは領主である伯爵家を優先させる」

「クレストの青二才が、何か閣下のお気に障ることでもいたしましたでしょうか？」

探るように言う男を、公爵は冷たく突き放した。

「それは、君が気にする問題ではない」

「出過ぎた真似でございました。それでは、ガルバーニ様のご命令通りに取りはからわせていただきます」

侯爵が慌てて言った。

「ああ、よろしく頼む」

ジョルジュに対し、男は自信のある様子で頷く。

これで、クレスト伯爵は、しばらくの間はドレスはおろか、洋服の一枚たりとて作ることができなくなるはずだ。

「それでは、閣下。私はこれで」

侯爵が部屋を出ていった。

ジョルジュは、一人になった執務室で窓の外を眺める。すっかり日が暮れ、暗闇が広がっていた。

非公式の客は、暗闇に紛れて移動する。それがガルバーニの決まりごとだった。

第四章

「……いやだ、また雨だわ」

クレスト伯爵邸の離れの一室で、エミリー・クロムウェルはため息まじりに呟いた。

雨は容赦なく降り続き、周囲に陰鬱《いんうつ》な陰を落としている。ロベルトが遠征に出かけてずい分経つが、まだ帰って来る様子はない。

エミリーは雨が嫌いだった。気持ちが滅入《めい》ってしまうのも、すべて雨のせいだ。

(いつもの連絡をしなければ)

ふと思い出し、エミリーはクローゼットに隠していた鳩《はと》を取り出し、すでに書いてあった手紙をその足にくくりつけた。

「さあ、お行き」

窓を大きく開けて、鳩《はと》が飛んでゆくのをじっと見送る。

その鳩《はと》がどこに行くのか、エミリーは知らない。彼女にわかっているのは、その手紙の代金として、幾ばくかが自分の懐《ふところ》に入ってくる、ということだけだった。

身の回りのことを書いて送るだけで、収入が得られる。その金額は大金ではないが、エミリーにとって、ほんの少しの安心材料だった。病気がちで働くことができない自分にとって、この収入はとてつもなく貴重なものだ。いくらロベルトから愛されていて、彼からの贈り物が絶えないとはいえ、伯爵家の人たちから歓迎されていないことくらいはわかる。エミリーが自由にできるお金は、あるにこしたことはないのだ。

手紙に書く内容は、取るにたりないことばかりだ。ロベルトが今、クレスト伯爵家にいるのかどうか。伯爵家には何人くらいの人がいるのか。使用人が辞めたり、新たに入ったりしていないか。

そんな、身の回りのほんの些細なことばかり。そんなものに一体何の価値があるのかとエミリーはいつも思うが、手紙の代金はきちんと支払われている。

最近の手紙には、新しい伯爵夫人、つまりロベルトの花嫁について書くことが多い。読み手が興味をもってくれるといいな、とエミリーはぼんやり思う。

あの鳩《はと》は一体どこへ行くのかしら——。そんなことを思いながら、エミリーは雨のなか鳩《はと》が飛び去った方を、じっと見つめた。

◇

クレスト伯爵領にはびこる疫病《えきびょう》の沈静化は、順調に進んでいた。

「もう少しで、なんとかなりそうだな」

疫病《えきびょう》対策リストを手にマークがほっとしたように言うと、ジュリアも満足げに頷く。

「最初にここに来たときは、どうなるかと思ったけど」

「疫病《えきびょう》対策は、思った以上の効果が出た。ようやく、疫病《えきびょう》の抑制、洪水被害の復旧の見通しがつきそうだ」

「ああ、今度は、荒れた田畑の再生が課題になるな。みんなで頑張れば、まだ苗の植えつけに間に合うかもしれない」

ジュリアが楽しそうに口を開く。苦労したことに結果が出るのは、嬉しいものだ。二人で軽口をたたき合っていると、執務室のドアをコンコンとノックする音が聞こえた。

「どうぞ」

ジュリアが声をかけると、執事のトーマスが姿を現した。手にした銀の盆の上に、一通の手紙が載っている。

「奥様に、ガルバーニ公爵様から緊急のお手紙が届いております」

ジュリアは鋭利なレターナイフで、複雑な公爵家の紋章が入った封蝋《ふうろう》の封をすっぱりと切り、手紙を取り出した。

綺麗な筆跡で、私の愛しい貴女へ、と始まっている。

きっと、公爵の筆跡なのだろう。彼の優雅で几帳面な性格が文字に表れていると思った。しかし、そこに書かれていたのは、優雅な筆跡とはほど遠い内容だった。

「これは……」

ジュリアは息を詰めて、文面に素早く目を走らせる。

そこには、隣国タリオールがクレスト伯爵領に攻め込む準備を着々と進めていること。その時期については不明だが、そう遠くはないと予測されるから十分に注意を払うこと。私兵を常に周りに置くようにして、自分自身の身の安全も考慮すること、などがしたためられていた。

国境に近いこの領地ではそんなこともあるかもしれないと、ジュリアも何度か考えたことはある。

隣国との大きな紛争は、王立騎士団に援護を要請できるが、小競り合いには領主が自ら対応することになっている。

「ふーん、こちらの領地に攻めてこようと。ずい分、命知らずなこと」

ジュリアがにやりと、好戦的な笑みを漏らす。

騎士として活躍していたジュリアは、戦《いくさ》で今まで一度も負けたことがなかった。

そのジュリアは、クレスト伯爵領に来てからずっと、伯爵夫人を演じている。それでかなりストレスが溜まっていたのだ。この辺で、ストレス発散もいいだろう。

「なんだ、ずい分ご機嫌な様子だな。どこが攻めてくるって?」

「隣国タリオールだってさ」

ジュリアが笑顔で答える。

「普通は、こういうのは笑顔で言うもんじゃないけどな。お前さんも、相変わらずいい性格をしてるな」

「今までは、疫病《えきびょう》を恐れて敵も近寄れなかったようだけど、落ち着きつつあると知ったらしい」

「一難去ってまた一難ってことか。まあ、仕方ないか」

マークがため息まじりに言う。

「……落とし穴、掘っておかなくちゃな」

ジュリアが真っ黒な笑いを浮かべれば、マークも同じくにやりと笑う。

「ああ、俺たちの兵だけじゃ、数が少し足りなさそうだ。罠《わな》をたくさん用意しておこう」

「敵に我々の戦い方を見せてやろう」

他の大貴族の騎士団と違って、チェルトベリー騎士団は、物資も兵力も乏しい。だからこそ、ジュリアたちはダーティーな戦い方を心得ているのだ。

泥沼の戦い、上等だ、と言わんばかりに二人は笑った。


それから数日後のこと。

「敵襲！　奥様、敵襲ですっ」

息を切らせて、伝令が伯爵邸へ駆け込んできた。ジュリアが朝食を済ませ、執務室に着いたばかりのときだった。

「エリオット殿に連絡は？」

「連絡済みです。すぐにこちらへ向かうとのこと。北の一個隊が、戦闘状態に入りました」

「西の見張りからの連絡は？」

ジュリアがそう聞いたとき、もう一人の伝令が駆け込んできた。

「敵襲ですっ！　西が攻撃されていますっ」

ジュリアは、執務室に張ってある地図を睨み付けた。

「北と西から攻め込んできたのね？　奴らの目標は、この伯爵邸かしら？」

「おそらく。どちらの軍も、こちらに向かっているようです」

「エリオット様は、第二師団、第三師団を西と北にそれぞれ振り分けられました」

「そう……トーマス！」

ジュリアが呼びかけると、廊下で待機していたのだろう。執事がすぐに顔を出した。

「予想通り敵が来たわ。メイドや戦えない使用人たちを、地下の食糧倉庫に誘導して。戦闘の邪魔にならないように、終わるまでじっとしておくように伝えて」

「かしこまりました、奥様」

「動ける男には、武器を持たせて」

「おおせの通りに」

「それから、私の武器も持ってきて」

そう言って、ジュリアも急いで騎士服へと着替えた。ドレスなんかでうろうろしているわけにはいかない。もし自分がソフィーじゃないとばれたら、そのときはそのときだ。

公爵からの情報をもとにジュリアとマークが立てた戦略はこうだ。

まず、敵の戦力をそぎ落とすために、一方向だけをわざと空け、そこに罠《わな》を仕掛ける。その罠《わな》は、かなりえげつないものだ。敵がそれらの罠《わな》をやりすごしてこちらに到着したときには、かなり数を減らしているはずだ。

さあ、チェルトベリー騎士団の戦いを見せてやろう――

◇

ジュリアに敵襲の知らせが入る数時間前のこと。

クレスト伯爵が率いる部隊は戦地での任務を終え、伯爵領への帰路についていた。

「もう少しで伯爵領ですね」

部下が言えば、ロベルトものんびりした様子で口を開く。

「ああ、間もなく到着だ」

「あっという間に、敵を叩きつぶしましたね。タリオールの奴ら、目を白黒させてましたよ」

隣国のタリオールとはこれまでにも幾度となく小競り合いを繰り返してきたが、これからしばらくの間は落ち着くのではとロベルトは予想していた。

「一日でも早く領地に戻りたかったからな」

「それは、早く奥様に会ってみたいからじゃないですか？」

若い部下の明るい口調に、みんながどっと笑う。

「何を馬鹿なことを。領地が心配だからだよ」

部下の冷やかしをさらりと躱《かわ》しつつ、ロベルトは新しく自分の妻となった人になんと言おうかと考えていた。

手紙で酷《ひど》いことを書いてしまったことについては謝罪したい。

領地での疫病《えきびょう》対策や領民保護への感謝も伝えたい。

箇条書きの報告書からでは、彼女の人となりは全くわからない。だが、その内容から推測するに、かなり有能な人物なのだろう。

そんな人に、初めて会ったときに何と声をかければよいのか……

「……おい、あれは伝令じゃないか？」

部下の訝《いぶか》しげな声でロベルトは我に返った。見慣れない黒の騎士服を着た男が全速力で馬を飛ばして、こちらへ向かって来るのが見える。

「あれは……王立騎士団の騎士か？　少し違うような気もするが」

「違う。王立騎士団であれば赤い旗を掲げているが、あの旗は……」

伝令が近づいてくるにつれて、旗の紋様がはっきりと見えてきた。男たちは愕然《がくぜん》として呟く。

「あれは……ガルバーニ公爵領の騎士だぞ」

「なんで……なんで、闇公爵の伝令がこちらに向かって来るんだ？」

ロベルトとて、闇公爵の噂はいろいろと聞いている。当主は決して人前に出ないこと。彼が担当するのは華々しい表舞台ではなく、暗殺・諜報《ちょうほう》活動・陰謀《いんぼう》など、裏の活動であること。

そんな彼が保有する騎士団の全容は、闇につつまれ、一切明らかにされていない。それでも、公爵領の騎士は、どの騎士団より強く、最強だと言われていた。

「まあ、取って食われることはないだろう。理由はわからないが、用があるのはどうも俺のようだ」

ロベルトは内心の緊張を部下に悟られないよう、意識して鷹揚《おうよう》に構えた。

「ロベルト・クレスト伯爵はおられるか⁉　私は、ガルバーニ公爵家の第一の騎士、ビクトール・ユーゴだ！」

砂埃を巻き上げ、いななく馬を巧《たく》みにさばきながら、男は太い声を張り上げる。

「私だ。私が、ロベルト・クレストだ！」

男はロベルトを見つけ、すぐ傍までやってきた。

そして、ひらりと馬から飛び降りて片膝をつく。

「我が主君、ジョルジュ・ガルバーニ公爵閣下からクレスト様への伝言をお伝えします」

ロベルトは、ガルバーニ卿とは全く面識がない。どうして闇公爵が自分に伝言などよこすのか。

ユーゴは一瞬沈黙し、ロベルトの言葉を待った。

「続けてくれ」

「タリオールが、クレスト伯爵領に向けて出兵したという情報が入ってきております」

「なんだって？　……それは本当なのか？」

一瞬、ロベルトの鼓動が止まった。

「はい。峰《みね》の刻には、伯爵領に到着するとの情報です」

ロベルトは素早く頭を巡らせた。敵が到着するのは峰《みね》の刻――つまり約二時間後。自分たちが伯爵領に到着するには、優に三時間はかかる。領兵がほぼ不在の今、一時間もあれば、奴らは領地を制圧してしまうに違いない。

ユーゴはさらに言葉を続けた。

「タリオールは精鋭部隊を伯爵領に派兵したと情報が入っております。領地にはチェルトベリー騎士団が派遣されておりますが、戦力としては十分ではありません」

「敵がよこした騎士団は、何個隊なのか？」

「二個隊です。西と北から分かれて侵攻する計画になっております」

「厄介だな。こちらは一個隊分しか兵力がない。分散しては十分な兵力にならない」

「公爵閣下は、それもよく理解しております」

(戦地での任務は極秘だったはず。何故、こちらの兵力を把握しているのか)

ロベルトは、この国に伝わる格言をふと思い出した。

『ガルバーニの魔眼からは、どんなミルグリムも逃げおおせない』

ミルグリムというのは、狡猾《こうかつ》な、人を騙《だま》す魔物だ。その狡猾《こうかつ》な魔物でさえ、ガルバーニ家を誤魔化すことができない、という意味だ。

「公爵閣下は、兵の一部を、すでにこちらに向かわせております。閣下の提案は、二手に分かれた敵軍に、ガルバーニ公爵領軍とクレスト伯爵領軍でそれぞれ応戦する、というものです」

公爵の情報が正しいのであれば、自分たちの兵だけでは足りないことは明白だ。

「公爵閣下の援軍、感謝する。では、二手に分かれて戦おう」

「了解しました。では、我々は北を担当します」

「こちらは西を。そのほうが近いからありがたい」

「では失礼します、クレスト様」

話は済んだ、とばかりに馬に飛び乗り、騎士は走り出そうとする。その背に、ロベルトは声をかけた。どうしても聞いておきたいことがあったのだ。

「それで……どうして公爵閣下が、我が領地にそこまでしてくださるのだ？」

ビクトール・ユーゴは、手綱《たづな》を上手に操りながら、くるりと馬を反転させた。そして一瞬、戸惑ったような視線をロベルトに向けたが、やがてためらうように口を開く。

「伯爵領の庭園が、美しい花を育《はぐく》んでいる場所だから……とでも申し上げておきましょう」

「我が屋敷の庭が、か？」

怪訝《けげん》な顔をするクレスト伯爵に、ユーゴが頷く。

「さよう。稀《まれ》にみる高貴で美しい花なのだそうです。詳しくは、そのうちに閣下に直接お伺いされればよろしいでしょう」

では時間がないのでこれにて失礼、と言い捨て、男は優雅に馬を翻《ひるがえ》して勢いよく走り去ってしまった。

「庭……稀有《けう》な花？」

うちにそんなものあったかな？　と、ロベルトは一瞬首をかしげたが、すぐに頭を切り換える。

部下たちに向かって、大声で告げた。

「よし、みんな、聞いたか⁉　伯爵領で、またこれから一戦だ！」

「おおっ」

血気盛んな男たちは、馬に強く鞭《むち》を当て全速力で走らせる。故郷に、自分の屋敷に。そして、まだ見ぬ花嫁のもとに――

どうか二人とも、無事であってくれ。

ロベルトは、全速力で馬を駆りながら、ソフィーとエミリーの無事を祈った。

◇

戦闘が始まって数時間。ジュリアとマークのいる司令室には、重い雰囲気が漂っていた。

「奴ら、思ったほどこちらの罠《わな》にかかってくれないな」

「ああ、それに、敵の質が段違いにいい。いつもとは勝手が違うようだ」

マークの呟きに、ジュリアも苦々しげに答える。

今回の敵は、おそらく隣国の王立騎士団だろう。統制のとれた戦いぶりから、彼らがきちんと訓練されていることがわかる。

「西が陥落か。そして、北も苦戦しているときた。畜生！　一体どうなってるんだ」

マークは苛立ち、悔しそうにさらに続ける。

「ああ。西の兵を撤退させ、伯爵邸に配置した。奴らが攻め込んでくるのも時間の問題だ。さらに北と同時に進行されれば厄介だ。西だけ先にこちらに来させて、人数が少ない間に叩こう」

「女子供は逃がした？」

「ああ、もちろんだ。男の使用人たちには、武器を持たせている」

「いざとなったら、ここで戦うしかないな」

「ああ、覚悟するしかなさそうだ」

それでも、ジュリアに悲愴感はない。この伯爵邸に敵がたどり着くときには、兵力は我々と同じくらいにまで落ちているはずだ、と確信していた。自らが鍛《きた》えてきたチェルトベリー子爵領の兵士は、優秀だ。

「こんなに苦戦したのは初めてかもしれない」

ジュリアが苦々しげに言う。

「……まるで内部に密偵がいるみたいだ。こちらの作戦が向こうに筒抜けのような気もする」

密偵……。続けられたマークの言葉に、ジュリアはぼんやりと思いを馳せる。

「密偵というと、連絡手段は……鳩《はと》か」

「あの、私……以前、鳩《はと》を見かけたことがあります」

後ろに控えていた執事のトーマスが、珍しく口を挟んだ。

「このまえ……足に文《ふみ》をつけて飛んでいるのを見ました。ずい分変わった鳩《はと》だな、と思いましたので、よく覚えております……」

「トーマス、それはどんな鳩《はと》だった？」

「茶色に黒い縞《しま》のある鳩《はと》にございます。鳩《はと》は、灰色のものしか知りませんでしたので、違和感を覚えました」

「……それは、きっと軍用の鳩《はと》だ」

ジュリアが苦々しげに呟いた。

「と……いうと、やはり密偵が伯爵家のなかにいる、ということか？」

二人はぞっとして顔を見合わせた。

もし、作戦が向こうにばれていたら？　もし、こちらの戦力を相手が的確に把握していたら？

「そうでなければ、こんなに苦戦するわけがない。こちらの手の内が、読まれていたんだ」

「そうなると、伯爵邸での戦闘も難しくなる。邸内の情報がどれだけ敵に伝わっているかが問題だ」

「あ、エミリーさん！」

ジュリアが突然大声を出した。

「なんだ？」

「大変だ。エミリーさんが離れにいるっ」

「ダメだ、諦めろ。迎えに行ったらお前が危ない」

「いや、大丈夫だ。敵兵が攻め込む前に、馬で連れてくるくらいの時間はある。彼女も地下倉庫に隠れてもらわないと」

敵の兵士に捕まった若い娘が受ける仕打ちなど、目に見えている。それがわかっているのに、彼女を一人放置するわけにはいかない。

「おい！　待て、待つんだっ」

マークが止めるのも聞かず、ジュリアは弓を背負い、帯刀して屋敷を飛び出した。馬に跨《また》がり、まっすぐに馬を走らせる。

ジュリアが到着したとき、敵の姿はまだ見当たらなかった。

ほっとしながらなかに駆け込む。

「エミリーさん」

「あ、奥様！」

お茶を飲みつつ本を読んでいたのだろう。エミリーが慌てて立ち上がった拍子に、お茶がテーブルの上に零れるのが見えた。

「あ、お茶が……」

慌ててテーブルを拭こうとするエミリーを、ジュリアは止めた。

「時間がない。敵が伯爵邸に攻撃をかけてくる。早く逃げなくては」

「敵って誰？」

「いいから早く」

戸惑うエミリーをせき立て、彼女の腕をつかんで外に出た。

「早く乗って！」

と、そこに止めてある馬に乗せようとしたときだった。

「……っ！」

ジュリアは、何か言葉にできない気配を感じ取り、咄嗟《とっさ》にエミリーを地面に突き飛ばし、自分も身を伏せた。

その瞬間、頭の上すれすれに、鋭い矢が掠《かす》めた。

それは木の幹に激しく突き刺さり、軋《きし》むような鈍い音を立てながら上下に大きく揺れ動く。

ジュリアは木に突き刺さっている角度から、矢が放たれた位置をすばやく特定し、片膝をついた体勢で矢をつがえた。そして、木の上にいるであろう射手めがけて矢を放つ。それは、鍛《きた》えられた騎士でなければできない身のこなしだった。

ジュリアが放った矢は、みごとに射手の胸に命中した。射貫かれた男が、真っ逆さまに地面に落ちる。

「きゃあぁぁっ」

エミリーが悲鳴をあげるが、ジュリアはお構いなしに、エミリーを抱き上げ馬に乗せようとした。

そのときだ。

「……なかなか見事な腕前だな。あの矢を避けた上に、木の上の射手を射落とすとは」

ジュリアの背後から、地を這《は》うような低い声が響く。

振り向くと、敵の騎士が木陰から姿を現したのが見えた。

（くそっ。囲まれたか。それにしても、気配を全然感じなかったな）

それだけ、この者たちの能力が高いということか。

「お前たちは何者？」

ジュリアは眉ひとつ動かさず冷静な声で問う。

敵と対峙《たいじ》するときは、いつもそうだ。気が高ぶるはずなのに、ジュリアは気持ちがすっと冷めるのだ。それが何故なのか、ジュリア自身にもわからない。

「ふ……勇敢なお嬢さんに教えてやろう。私はタリオールのモーリス・ラムズフェルドだ」

その男の名に、ジュリアは聞き覚えがあった。

捕らえた敵を徹底的に痛めつけると有名な、嗜虐嗜好《しぎゃくしこう》の強い隣国の武将の一人だ。少し精神を病《や》んでいるとの噂も聞いたことがあった。

黒い瞳の三白眼で、濃淡がついたまだらの灰色の髪をしている。やせぎすで鷲鼻《わしばな》の男は、とても神経質そうに見えた。

(この男が……ラムズフェルドなのか)

「私が名乗ってやったのだ。お前も名乗ってもらおうかな？」

不遜《ふそん》な笑みを浮かべ、男はジュリアに言う。

「名乗るほどの名前はないわ。ただの女騎士で十分よ」

ここで自分が領主の妻だと明かすわけにはいかない。

敵に捕らえられるくらいなら、いっそ死んだほうがましだ。ジュリアは長剣をするりと抜き放ち、ラムズフェルドに狙いを定めた。太陽光が銀の剣を反射して、鈍い光を放つ。

「……ほう」

男の神経質そうな眉が、ぴくりと動いた。

「この私に向かって剣を抜くとは。命知らずなお嬢さんだな」

「さあ、どうかしら」

口の端に不敵な笑みを浮かべながら、ジュリアはふてぶてしく言う。

それを合図に、敵の騎士たちも一斉に剣を抜いた。その動きは、熟練して統制のとれたものだった。

「……ふ、これは面白い。今まで一度も、女騎士と真剣で手合わせをしたことがなくてな。一度、試してみるのも酔狂か」

ラムズフェルドも傲慢《ごうまん》に笑い、剣を抜く。

「お前たち、下がっておれ」

男が低い声で命じると、敵の騎士たちは一歩さがり、剣を鞘《さや》に納めた。

「さあ、私の剣が避けられるかな？」

一分の隙もない、張り詰めたオーラ。

ラムズフェルドと対峙《たいじ》した瞬間、ジュリアは、両者の実力差を理解した。この男の実力は、悔しいことに自分のそれをはるかに上回る。

(すごい。隙が全くない。うかうかと打ち込んだら、一発でやられる)

ジュリアは相手の空気を読みつつも、どこから攻めるべきか考えあぐねていた。

じりじりと間合いを詰めようと隙をうかがう。背中に冷たい汗が流れ落ちる。

なかなか攻め込んでこないジュリアに、ラムズフェルドは、ふ、と薄く笑いを漏らした。

「……なかなか大したものだな。気配だけで、力量の差を量ることができるとは。それでは、こちらからいかせてもらうぞ」

そう言って強く打ち込まれた剣を、咄嗟《とっさ》に自分の剣を横向きにして止めた。衝撃が手からじんじんと伝わってくる。

(くそっ、なんてバカ力なんだ)

目の前の敵は細身のくせに、相当な力だ。さらにスピードも速い。……これが、名だたる武将の実力か。

今までの自分の剣の鍛錬が一体何だったのか、と思うほどのスピードとパワーだ。

「……くっ！」

今度は横なぎに剣を払われる。ジュリアは素早く飛び退《の》いてそれを避けた。

……危なかった。本当に当たるところだった。そう思ったジュリアの頬から、つ……と、一筋の血が流れ落ちる。ラムズフェルドの剣が、彼女の頬を掠《かす》めたのだ。

「これを避けるとは、なかなか大したものだ。だが、これは受け止められるかな？」

男はそう言って、一歩大きく踏み込む。

(危ないっ！)

ジュリアは剣を避けようと後に飛び退《の》いたが、そこに運悪く、木の根があった。思いきりつまずき、後ろ向きに頭から地面に激突する。

「……っ！」

激痛に顔をしかめながら立ち上がろうとするジュリアに、男は絶好の機会とばかりに飛びかかってくる。

（しまった！）

ラムズフェルドは、にやりと嫌な笑みを顔に浮かべた。そのまま、地面の上に倒れているジュリアの胸元を掴みあげる。

「は、放せっ」

ジュリアは、男の腕のなかでバタバタと暴れた。

しかしラムズフェルドは容赦なく、自分の手の内の獲物を力の限り締め上げる。

実は今回の戦いは、ラムズフェルドにとって普段とは比べものにならないほど、苦戦を強《し》いられるものだったのだ。

少し進む度に見たことがない罠《わな》にはまり、また進んでは別の罠《わな》に引っかかる。その度に、少しずつ兵力がそがれていく。

誇り高いラムズフェルドは罠《わな》の性質《たち》の悪さにふつふつと怒りをたぎらせ、それが黒い澱《おり》のように蓄積していたのだ。

この程度の領地を攻め落とすくらい、赤子の手をひねるより簡単、とたかをくくっていたのに、屋敷に到達するのに思った以上に時間がかかった。失った兵士の数も少なくはない。

しかもたった今、自分の一番の射手が、この女に射落とされたのだ。

あれほど能力の高い射手は、なかなか見つからないというのに。

その損失を考えれば考えるほど、はらわたが煮えくりかえるような怒りをラムズフェルドは感じていた。

口を一文字に結び、暴れるジュリアの顔面を力まかせに平手で張り倒した。

「あっ」

馬鹿力で殴られたのだ。頭がクラクラし、目が回る。ジュリアは一瞬、気が遠くなったがなんとか意識を保つ。

「クソ忌々《いまいま》しい。小癪《こしゃく》な手を使って、罠《わな》なんぞをしかけおって」

首を掴まれているから、逃げるに逃げられない。ラムズフェルドは、無抵抗なジュリアをそのまま、引きずって小屋の壁へと押しつけた。

「く……苦しい……」

ジュリアは男の手のなかでもがいた。万力のような力でぎりぎりと首を絞め上げられる。このままでは、首の骨が砕けてしまうかもしれない。

「ふ……威勢がいいのは認めるが、実力差というものをもっと理解しておくべきだったな」

男は片手で彼女の髪を掴んで顔を上げさせ、無理やり自分のほうを向かせた。

ラムズフェルドの目に飛び込んできたのは、海のような青い瞳にほっそりとした顔立ちの若い女だ。その瞳がまっすぐに、男の視線と交わった。

「死ぬ前にお前の顔をよく覚えておいてやろう」

陶酔した声で言い、ラムズフェルドはジュリアに残忍な笑みを見せた。彼にとって、敵を始末する瞬間ほど楽しいものはないのだ。

「くそっ、放せ！」

叫ぶジュリアの前で、ラムズフェルドの手が止まる。

「こうしてみるとなかなか可愛らしい顔をしているな」

何かに気がついた様子で男は、興味深げに、ジュリアの顔をじっと見つめた。

「……なるほど、お前がクレストの花嫁か。愛人と一緒にいるとは驚きだな」

「違う！　お前の勘違いだ」

「ふ、馬鹿なことを言うな。チェルトベリー子爵は、マクナムとの縁《ゆかり》ある家系。お前がマクナムの血族なのは一目瞭然《いちもくりょうぜん》だ」

あざ笑うように言った男は、ジュリアの顎を片手で掴み、顔をそらせないように固定して再度、じっくりとジュリアの顔を見つめた。

「見たところまだ生娘《きむすめ》のようだな。夫は帰還してないのだろう？」

ラムズフェルドの声は地を這《は》うように低く、恐ろしい。そして、そのなかに舌なめずりするような気配が含まれている。

ジュリアが眉を顰《ひそ》めて男を睨み付けると、彼はにやりと艶《つや》のある笑いを浮かべた。

「……マクナムの血縁を抱き潰すのも一興か。……それに、お前の匂いは甘い」

小さく笑みを浮かべて、男はそのままジュリアの首筋に顔を埋めた。

「……っ！」

「気が変わった。屋敷を制圧したら、お前と二人でゆっくりと楽しむことにしよう」

耳もとで囁《ささや》く男の声は、ねっとりしていて陰湿だ。

「……存分に可愛がってやる。楽しみにしておけ」

男はそう言って、ジュリアの頬をぺろりと舐《な》めた。

（ああっ？　舐《な》めた？　舐《な》められた!?）

「やっ、やめろ、変態！　放せ！」

敵に舐《な》められるなんて考えたことがなかった。

足下を見られるという意味で舐《な》められるのは理解できるが、この男のように、本気で顔を舐《な》めるなんてあり得ない。

「このド変態！　後でしばいてやるからなっ！」

ジュリアの罵声《ばせい》に、男はぴたりと動きを止めた。

「……やはり、わかるものなのか？」

ちょっとだけ、男の声には嬉しそうな響きが含まれている。

（やっぱり、変態だったのかぁぁぁ！）

ジュリアは、心のなかで絶叫した。

しかも、罵《ののし》られると喜ぶタイプのようだ。

焦るあまり、周りを取り囲む敵に、助けを求めるように視線をやった。しかし彼らは後ろめたそうに、つい、と視線を外す。

（やっぱり、変態なんじゃんっ。しかも、部下ですら目をそらすほどの！）

「こ、こいつは、どう変態なんだっ!?」

焦りまくったジュリアは、自分でもよくわからない疑問を、ラムズフェルドの部下たちに投げかけていた。しかし返ってきたのは、彼らの困惑の視線だけだ。

（部下が全面肯定の変態って、どんだけ筋の通った変態なんだっ！）

「嫌だっ。変態！　ふざけるな！」

ジュリアがパニックになって声を上げると、ラムズフェルドは、さらににやりと笑い、ジュリアを見下ろす。

「そう言っていられるのもいつまでかな？」

再び、男が恍惚《こうこつ》の表情でジュリアを見つめる。

（うう、罵《ののし》れば罵《ののし》るほど、喜ぶっ）

「奥様っ！」

ふと見ると、エミリーも敵に拘束されていた。羽交い締めにされながら、必死に声を上げて助けを求めている。

「くくっ、お前も泣き叫べ」

「ふざけるなっ」

ジュリアは、怒りをこめて相手を睨み付けた。

「口が減らないな」

男はとても嬉しそうに笑った。

このまま、変態の火に油を注ぐような真似は、全くもって本当に嫌なのだが、どうしようもなくて叫んだ。

「いい加減、放せ！」

つと、ラムズフェルドの瞳がもっと甘くなる。

「では、そのうるさい口を塞がせてもらおうか」

「な、何をっ。へ、変態、私に寄るな！」

男はうっとりしながら、ジュリアを見つめる。

「……実に、私にぴったりの女だ」

（うわぁぁっ、まさかの逆効果っ）

もう、本気で泣きたい。

ジュリアの顎を掴んだまま、ラムズフェルドがゆっくりと唇を近づけてくる。

そのときジュリアは、完全なパニックになっていた。三白眼の不気味な中年のおっさんが、自分にキスしようと迫ってきているのだ。

「しっしっ！　寄るな。こら、寄るなと言っているだろう」

プライドも何もなく、ラムズフェルドを威嚇《いかく》する。しかしそうすればするほど、嬉しそうな顔をされる。

何がなんでもキスは避けたいと暴れるジュリアの目に、ラムズフェルドの背後で一瞬動くものが映った。

（あれは……！　味方⁉）

さらに目を凝《こ》らすと、茂みのなかには剣を持った騎士がいるし、木の上には、矢をつがえてこちらに狙いを定めている射手もいた。いつの間にか、味方が包囲してくれていたようだ。とはいえ、彼らの顔に全く見覚えはない。

少しほっとしたところで、木の陰にいる男がジュリアに向かって手で合図をしていることに気づいた。どうやらラムズフェルドや敵の注意を引きつけろ、と言っているらしい。

ジュリアはその意図を察し、咄嗟《とっさ》に大声を上げた。

「あっ、竜ガ飛ンデル⁉」

全然別の方向を見つめ、苦し紛《まぎ》れに叫ぶと、まんまと何人かの敵が引っかかってくれた。そのうちの一人は、エミリーを拘束していた男だ。

今だ！

ジュリアがそう思った瞬間、射手がエミリーを捕らえていた男に矢を放った。

「きゃあああっ。いやあっ！」

男に矢が刺さったタイミングでエミリーが女らしい悲鳴を盛大に上げてくれたおかげで、ラムズフェルドの注意がジュリアから一瞬それる。

その隙を利用して、ジュリアが男の鳩尾《みぞおち》に一発いれると、それは見事に決まった。男の手の内から転げるように逃げ、地面に倒れ込む。

「おのれ、この小娘、今度は何を……」

殴られた痛みに顔をしかめるラムズフェルドの目に、新たに射られた部下の姿が映る。

そのときジュリアは、必死で男と距離をとろうとしていた。

しかし――

「くそっ、逃げられないっ」

ジュリアは、酷《ひど》い捻挫《ねんざ》をしていたのだ。

動きたくても、立ち上がることさえできない。地面に転がっているジュリアを睨み付け、ラムズフェルドが剣を抜き放つ。

「可愛い顔をしていたからつい甘くなったが、小娘、私の忍耐力もここまでだ」

地を這《は》うような声が響く。高く剣を持ち上げ、振り下ろそうとした、その瞬間だった。

「その人から離れろ！」

潜《ひそ》んでいた若い騎士が茂みを越えて突如姿を現し、ラムズフェルドを剣で遮《さえぎ》った。その瞬間、森から味方の騎士たちがわっと姿を現す。

「ふ、お前か。久しぶりだな」

ラムズフェルドは剣を構え直し、若い兵士に向かって切りつけた。

その瞬間、がきん、と剣が交わる鈍い音が響く。二人の男はお互いを鋭く睨んだ。

「ラムズフェルド、領地への侵略、許しがたいぞ」

「お前こそ、よくもタリオールの拠点を襲撃したな」

「なるほど。復讐、というわけか」

若い騎士は、ちらとジュリアに視線をやった。

「君は、そこで見ていて」

ジュリアの返事を待たず、若い騎士は再び間合いを取り直し、ラムズフェルドへと襲いかかっていく。周りの騎士も、いっせいにタリオールの兵と剣をあわせる。

戦いが始まった。木の上からは、クレスト領の射手からの矢が絶え間なく放たれる。

「うっ」

激痛に耐えながら、ジュリアは木の陰へと避難した。味方の足手まといになってはいけない。何しろ、ラムズフェルドの剣は非常に高度で、巧妙だ。

(うわ、この人、すごい……)

目の前でくり広げられる二人の戦いに、こんな状況だというのにジュリアは思わず感嘆の声を漏らしてしまった。その若い騎士の実力は、ラムズフェルドと互角……いや、それ以上だったからだ。

剣術で相手にフェイントをかける巧妙さ、打ち込むときのパワーに敏捷性《びんしょうせい》。

そのすべてに、彼は秀《ひい》でていた。

ぞくり、とジュリアは鳥肌が立つのを感じた。今まで、こんなに強い剣を振るう人を見たことがない。そういえば、クレスト領の騎士たちは、王立騎士団に所属しているはずだったと思い出した。王立騎士団は、国の内でも実力のある騎士団しか所属できない、いわば国の超エリート騎士団だ。

（王立騎士団は、こんなに実力があるんだ）

彼が打ち込む度に、ラムズフェルドがどんどん劣勢になっていく。ジュリアはその様子を、驚きの目で眺めていた。

「くそっ」

ラムズフェルドが悔しげに呟いたのが聞こえる。さすがに形勢が不利だと判断したのだろう。

「小僧、決着をつけるのは、次回へと持ち越そう」

そう言って大きく退《しりぞ》き、剣を鞘《さや》にしまった。

「退《ひ》くぞ！」

ラムズフェルドが短く声をかけると、敵の騎士たちは剣を納め、素早く退却していった。

「まて、深追いは危険だ！」

その若い騎士が、追おうとした部下たちを止める。そして、地面の上で顔を顰《しか》めて転がっているジュリアに手を差しのべた。

「君……大丈夫？」

「あ、ああ……ただの捻挫《ねんざ》だと思うのだけど」

彼に腕を貸してもらいながら立ち上がったジュリアは、初めてその人の顔をはっきりと見た。

整った顔立ちをした、爽《さわ》やかな青年だ。

背はすらりと高く、焦げ茶の短い髪に、日焼けした肌。濃い海色のような藍色の瞳。顎の周りには、うっすらと髭《ひげ》が生えていた。

遠征から戻ったばかりなのだろう。クレスト伯爵領の騎士の一人に違いない。

「あ……貴女は？」

「あの、貴方は？」

二人の声が同時に響く。

立ち上がったジュリアの肩を支えながら、若い騎士は一瞬戸惑ったようだったが、礼儀正しく軽く微笑んだ。

「初めてお会いしますね」

親しみのある笑顔はとても感じがいい。

そのとき、青年の胸に誰かが飛び込んで来た。

「ロベルト様っ！」

「ああ、エミリー、久しぶりだ」

男は嬉しそうにエミリーを見つめて、空いているほうの手で彼女の腰を抱く。そして頬にちゅっとキスをした。

（え？　今、ロベルト様って言った？）

ジュリアが呆気にとられて、まじまじと男を見つめていると、エミリーが目に涙を浮かべて、彼の胸に頬を寄せた。

「ああ、ロベルト様、私、怖かった。怖かったの……」

――今の状況を説明しよう。

ロベルトの右腕のなかには足を痛めたジュリアがいて、彼の左腕のなかには、エミリーが縋《すが》り付いているのだ。

(この人がロベルト様なんだ……)

ジュリアは、あまりにシュールな光景の前に、言葉を失った。どうして、この男の右と左にそれぞれ妻と愛人がいるのか。

――彼に一体、何と言えと？

こんなときに領地を放り出して遠征にいくバカがいるか、この野郎！　と罵《ののし》ればいいのか、助けてくれてありがとうとお礼を言えばいいのか。

「さあ、エミリー、俺は負傷者の手当をしなければならない。少し待っていてくれ」

とりあえず、愛人を後回しにするつもりらしい。その様子に、この青年、いや、夫であるはずの人はだいぶ責任感が強そうだ、とジュリアは頭の片隅でちらりと思った。

「あ、奥様……怪我をなされて？」

エミリーがためらいがちに言い、それを聞いたロベルトが気づかわしげな目をジュリアに向ける。

「奥様って、君の夫は何処《どこ》に……？」

(おまえだっつーのっ！)

ジュリアとエミリーは、きっと心のなかで同じことを考えたに違いない。

「ソフィーっ、無事かっ！」

そのとき、馬に乗ったマークが血相を変えてやってきた。ひらりと馬から飛び降り、ジュリアのもとへと駆け寄る。

「マーク、戦闘の状況は？」

「北は、ガルバーニ騎士団が、西は、クレスト騎士団がそれぞれ押さえたよ」

「そうか。よかった」

マークが手を貸してくれたので、ジュリアはロベルトから離れた。

「ソフィーって……」

ロベルトが驚いたように息を止めて、マークに支えられているジュリアを見つめる。

「この方が、ソフィー様……奥様ですわ」

エミリーが絞り出すような悲しげな声で言った。

「君が……ソフィー？」

ロベルトの目が見開かれる。対するジュリアはというと、初対面となる自らの夫を、冷めた目で見つめ返すだけだった。

◇

「怪我が酷《ひど》そうだ。俺が屋敷まで連れて行く」

「いいっ。いりませんっ」

「いや、それは夫である俺の仕事――」

「だから、必要ないと！」

現在、怪我をしたジュリアを連れて帰ろうとするロベルトと、それを嫌がるジュリアの絶賛大げんか中である。エミリーは横ではらはらした顔をしているし、マークは呆れた目で二人を見ていた。

ジュリアは、さしのべられたロベルトの手をぴしゃりとはねつけ、くるりとマークを振り返る。

「マーク、私を屋敷に連れて帰ってくれ！」

俺の出番じゃないよなーといった様子で、マークはへらっと笑う。

「私が連れていけと言ったら、連れていきなさい」

(お前、命令拒否の意味、わかってるだろうな)

とジュリアは言外のニュアンスをこめてマークを睨み付ける。

「いや、ジュ……奥様。そこは旦那様の厚意に甘えるべきかと」

(なんで俺？　夫婦間のけんかに巻き込むなよ)

口ではきちんと言いつつ、マークも言外に伝えてくる。

「屋敷に戻れるのなら手段は何でもいいわ。マーク！」

「俺が出しゃばっていい場面じゃない……でしょう？　奥様」

夫婦の間の争いに無理やりまきこまれ、マークは明らかに不満げだ。

「そうだ。夫の言うことは聞くものだ」

二人のやりとりに、ロベルトも口を挟む。

「いらないものはいらないと言ってるんだっ。そもそも、エミリーと一緒にいてやればいいではないか。だったら自分で帰る！　マーク、馬を連れてきてくれ」

ジュリアがやや切れ気味に言い放つが、ロベルトも負けてはいなかった。

「じゃあ、俺がその馬を引く！」

「はあ？」

ジュリアはその意味がわからず、ロベルトを見つめた。

彼の端整な顔が、少しむくれている。不満げな青い目が、ジュリアをまっすぐに見つめていた。

「俺は、馬を屋敷に連れて帰る」

「だから、それはいらないと！」

「俺が連れて帰るのは馬だ。君じゃない」

（なんつー屁理屈！）

一瞬ぽかんとしてしまったジュリアに、ロベルトはたたみかけるように言う。

「俺は馬が好きなんだっ！　馬を屋敷に、この俺の手で連れて帰るんだ。君が馬に乗っていたいなら、それはそれで構わない」

ジュリアは思わず額《ひたい》に手を当てた。はあ、と大きなため息をついて、ちらりとエミリーを見る。

（やっぱりね……）

案の定、エミリーは瞳に大粒の涙を浮かべていた。

(久しぶりに帰ってきた恋人が他の女――しかも名ばかりだけど妻を気にかけてるんだもんなあ)

だから嫌だって言ってるのに。

挫《くじ》いた足がじくじくと痛む。もう早く屋敷に帰りたい。

「仕方がないな……クレスト様に馬を任せるしかないか」

「ロベルトだ」

「は?」

「だから、ロベルトと呼んでくれ」

(いやいや、ここでもまさかのファーストネーム呼び!)

「いいえ、クレスト様で結構です!」

ジュリアは、じろりと横目でイケメン・クレスト伯を睨む。

今、自分の目の前に大切な愛人がいるというのに、何を言っているのか。

結局、ジュリアは馬に乗り、ロベルトに引かれて屋敷へと戻ることになった。馬は進むが、二人の間に重苦しい空気が流れる。ジュリアは頑として口を開こうとはしなかった。

その沈黙に耐えきれなくなって、ロベルトが口を開いた。

「あ……その……だな。俺が不在中、いろいろ迷惑をかけたみたいで、済まなかった」

「……」

ジュリアは、無言のままつんとそっぽを向いた。

「それに……手紙で酷《ひど》いことも書いた」

ロベルトはしゅんとして、本当に申し訳なさそうにしている。そして懇願《こんがん》するように、彼女を見つめた。

「頼む……機嫌を直してくれよ」

「知りません」

ジュリアの返事は素っ気ない。とりつく島もないとはこのことだ。

ロベルトは、やるせなさそうにため息をつく。

二人はまたしばらく黙りこんだまま、再び馬とともにパカパカと森のなかを進む。

かなりの時間が経ってから、ジュリアは、ぽつりと言った。

「……私だって、ここに来たくて来たわけじゃない」

ロベルトには全く視線を向けず、ジュリアはあらぬ方向を見つめたままだ。口調に、不機嫌さがにじむ。

「……貴方の奥様になりたいなんて思ってなかった」

「ああ……そうだな」

すっかり気落ちしたような返事が返ってきた。

もしかしたらロベルトは、ジュリアが自分の花嫁になれると嬉々として伯爵領に乗り込んできたとでも思っていたのだろうか？

彼と同じように、自分だって今の状況はかなり不本意なのだ。

ここから逃げ出さないのは、チェルトベリー子爵家が潰された場合、騎士団の面々が路頭に迷うことになるからだ。そうなれば騎士団の連中は、他の領地で傭兵になるしかない。それは、騎士よりはるかに危険な仕事だ。だからどんなに理不尽な状況でも、ジュリアにはここで我慢するしか仕方がないのだ。

ジュリアの胸のなかにふつふつと、恨みがましい気持ちがわきあがる。

「それに……貴方の奥様になれるとも思わない」

「……どうして？」

「愛人と二股かけるような薄っぺらい男なんぞ、こちらから願い下げだ」

「……ああ、そうだな」

「寝室も同じだなんて絶対に嫌」

ちらりとロベルトの顔に目を向けると、明らかに傷ついた表情を浮かべていた。

「……わかった。君のしたいようにしよう」

ふいにロベルトは黙りこみ、再び沈黙が続く。と、不意に思い出したように、彼が口を開いた。

「ところで、再来月の宮廷の舞踏会の件だけど」

「舞踏会？」

「俺宛に、王太子殿下から直々に招待状が来ている。それで……殿下からの祝い金を、領地のために使ったんだって？」

「ああ。災害にあった貧しい人々を見捨てるわけにはいかなかったから」

「いくら残ってる？」

「あー、もうほとんどない。すでに底をついた」

「そうなのか⁉」

「まあ、別に舞踏会なんて行かなくてもいいし」

と、ジュリアはなんでもないことのように言う。

「それが……参加しないわけにはいかないんだ」

「どうして？」

「王太子様の口利きによる縁組みだったろ？　舞踏会できちんとそのお披露目をしないと、殿下やクレスト伯爵家の名誉に泥をぬることになるんだ」

（なんですと？）

ジュリアのただならぬ気配を察して、馬がぴたりと歩みを止めた。そして、ここで初めて、ジュリアはまっすぐにロベルトへと視線を向けたのである。

「絶対に出席しないといけないの？」

ジュリアの問いに、ロベルトが無言で頷く。改めて、二人はお互いにまじまじと見つめ合った。

「舞踏会に出ない、という選択肢はないんだ。しかも、舞踏会にそぐわないドレスで出るのも許されない。ドレスが見すぼらしければ、それは伯爵家の財政難を表すのみならず、殿下がくださった祝い金が足りなかったという意味になるんだよ」

「……知らなかった」

「きっとそうだと思った。君も知っている通り、今の伯爵領の財政はとても厳しい。君にドレスを新調する財力はない。だからこそ殿下が気くばりしてくださったのだけど……」

「……じゃあ、薬を買わずに、ドレスを買うべきだったと？」

困っている人たちを見捨てて、自分だけ豪華なドレスを着て、舞踏会に出ればよかったと言うのか？

「普通の貴族なら、大体そうするよ。領民よりも、宮廷の自分の地位をとるだろうね」

淡々とした様子で語っているものの、ロベルトはそれをよしとしているわけはないようだ。むしろ、そういう貴族のふるまいを苦々しく思っている様子が伝わってくる。

ジュリアの従姉妹《いとこ》であるソフィー本人であれば、ためらうことなくドレスを新調しただろう。しかし、ジュリアは違う。そんなことなど、できるはずがない。

「くそ、あの金貸しを拘束しておけばよかった。拷問で少し痛めつければ、融資なんていくらでも……」

悔しまぎれに、思わず呟いてしまった。なんのことかと、ロベルトが一瞬首をかしげるのが見える。しかし、今は目の前の問題を解決するほうが先だと、彼は考えたようだ。

「金は俺がなんとかする。舞踏会まであと二ヶ月か。ドレスを新調しても間に合うか怪《あや》しいな」

「ドレスを新調するのはそんなに大変なことなの？」

「ああ、どうもそうらしい。君はドレスを作ったことないの？」

「あー、いや、子爵領では、それほど頻繁には舞踏会はないから……」

ジュリアはダンスなど、ほとんど踊れない。それに、当然のことながら舞踏会にも出たことがない。

「私はダンスは苦手だ。宮廷の礼儀作法も知らない」

正直に告白する。

(だって、自分の特技は戦闘だからな！　脳筋と呼びたければ呼ぶがいい！)

ジュリアの脳内の高笑いは、絶対に外に漏れることはない。

「本当に？」

「ああ。そんなことに興味がなかったから。それに、ドレスとかの値段も全くわからない。いくらくらいするの？」

「通常は百万ギルダーくらいだが、宮廷に着ていくとなったら五百万ギルダー以上のものだろうな。宝飾品は、少なくとも、ドレスの三倍以上」

「そんなに!?　それを一回の舞踏会のために？」

「ああ。王宮の舞踏会は贅《ぜい》を競うところだからな。豪華であればあるほど、その人の格が上がるんだ」

くだらない習慣だと俺は思うけどね、と、ロベルトは付け加えた。

「宝飾品は伯爵家所蔵のものがあるから大丈夫だけど、ドレスは作ってもらわないと。お針子がいるかどうかだな」

「それに……王都に収める税金の支払いもある」

ジュリアがぽそっと言った。

「支払期限はいつだっけ？」

「再来月」

「いくら？」

「八千万ギルダー……」

「ああ、くそっ！　それを忘れていた」

今度は、ロベルトが唸る番だ。

「……でも、支払い猶予をお願いしているから、一年後に延長してもらえると思う」

「税金の支払い猶予だなんて、そんなの無理だろ？」

税金の支払いは貴族の鉄の掟《おきて》だ。支払いが滞れば、たちどころに領地没収の憂《う》き目に遭う。

「いや、公爵様が宮廷と掛け合ってくださって」

「公爵様って？」

「ガルバーニ公爵様だけど」

「どうして、公爵様が我が領のためにそこまでしてくれることに？　彼とは全く面識がないんだけど」

「だって、結婚式に花婿代理として来てくれたから、そのときに……」

「なんだって!?　あの闇のガルバーニが、俺の代理として式を挙げた!?」

相当驚いたらしく、ロベルトが大きな声を出した。それからも「どうして」や「庭、だったか？」などとよくわからないことをぶつぶつと呟いていたが、しばらくして我に返ったようだ。

「とにかく、まずは舞踏会だ。あと二ヶ月か……」

「間に合うかな」

ジュリアも自信なく呟く。

一難去ってまた一難とは、まさにこのこと。

二人は困惑して、お互いの顔をじっと見つめた。

第五章

今、ジュリアの目の前に、色とりどりの宝飾品が並んでいる。パール、サファイヤ、ルビー。それらを用いた首飾り、耳飾り、はたまた、綺麗な鳥の羽のついたヘッドドレスまで。どれもこれも全て本物だ。黒の光沢《こうたく》のある布が張られた宝飾台の上で、煌《きら》びやかな光を放っている。

「あの……これは？」

ジュリアが戸惑いつつ目を上げると、ロベルトが優しく微笑んで言った。

「これは全部クレスト伯爵家に伝わる家宝なんだ。君が今度の舞踏会へつけていく宝石を先に選んでもらおうと思ってね」

「そうよ。それにソフィーさん、貴女はクレスト伯爵夫人なんですからね。我が家がどんな宝石をもっているのか、知っておくべきだと思うの」

明るい口調で義母も会話に加わった。ロベルトが帰還したと聞いて、義理の両親は再び伯爵邸を訪れたのだ。

「まず宝飾品を決め、デザイナーにそれに似合う衣装をデザインしてもらうのが、我が家のやり方なのよ。衣装を先に決めてしまうと、それに似合う宝石が見つからないことが多いから」

「王宮の舞踏会は、贅《ぜい》を競う場所だからな。ソフィーさんには、我が伯爵家の存在を宮廷で示してもらわなければ」

義父もなんだか楽しそうだ。

「ねえ、ソフィーさん、この首飾りはどう？」

義母はそう言ってジュリアの首に首飾りをあてたものの、不満げに首を横に振る。

「ああ、これじゃダメね。貴女の美しさが引き立たないわ」

義母が別の首飾りへと手を伸ばしながら、楽しそうに言った。

「私ね、貴女には絶世の美女になって舞踏会を楽しんでもらいたいの」

「ソフィーさんの好きなようにさせたらどうだね？」

義父がテーブルの上の宝石を眺めながら、のんびり口を開く。

「母上、そうですよ。彼女に選んでもらっては？」

ロベルトもやんわりと、暴走しがちな義母をたしなめる。

「あら、だって、娘をもつのは私の夢だったのよ？　少しくらい楽しんだっていいじゃない？

ねえ、ソフィーさん？　と小首をかしげてジュリアを見上げる義母は、とても可愛らしい。まるで幼い女の子のようだ。

「ああ……そうですね。お義母様に選んでいただいたほうがいいかも……」

ジュリアは歯切れの悪い返事をした。

(どれでもいいし、なんでもいいんだけどな？)

どの宝石も綺麗だが、それを自分が身につけるという実感が全くわかない。

これまで、美しく装《よそお》うなんてこととは全く無縁だったし、自分から進んでしようとも思わなかった。

ましてや、ドレスを着て舞踏会に行くなんて、想像したことすらない。お洒落《しゃれ》したり、着飾ったりすることは、ジュリアにとっては別世界の話だ。

「そうねぇ……これなんかどうかしら？」

義母が真剣な様子で、あれやこれやとジュリアの顔にあてては、これじゃない、と呟いている。

ジュリアは彫像のようにじっとしながら、義母が宝飾品を選ぶ様子を静かに眺めていた。

「母上、ソフィーさんならどれをつけても綺麗だよ」

ロベルトが、ジュリアを見て微笑んだ。ステキな笑顔だった。

（くっそう、イケメン。どんだけ人生有利なんだ！）

ロベルトの笑みに、思わず渋い顔になる。

絶対に微笑み返してやるもんか、とジュリアは意地をはった。

「ソフィーさんは、宝石の好みはないのかい？」

義父が穏やかな声で聞く。

「いいえ。綺麗なものは好きですけど、特にこれといったものは……」

ジュリアは、決まり悪く答えた。

そもそも、好き嫌いを言うほど、宝石のことを知らない。

町にいたころは食べていくので精一杯だったし、子爵家に引き取られてからは、騎士としての鍛錬以外のことに割《さ》く時間も体力もなかった。

ジュリアは、女としてはかなり残念な部類に入る。

自分が好きなものはなんだろう、と、ジュリアは自分のなかにある記憶をぼんやりと探った。

磨き抜かれたレイピアの銀の光とか、剣の柄《え》についている装飾を、綺麗だなと思ったことはあった。

あとは、訓練を終えて眺めた、地平線に沈んでいく夕日。

そして、ガルバーニ公爵と一緒に眺めた満月。

……ジョルジュ。

ジュリアは、心のなかで彼の名前を呟く。

彼の整った顔や、口元に浮かべた控えめな笑みを思い出した。

彼は迎えに来てくれると言っていた。今、一体何をしているのだろうか。

「そうそう、お化粧もしなくてはね？」

またぼんやりと考え事をしていたらしい。なんとなく耳に入った義母の声にジュリアははっと我に返った。

「はい？　お義母様、今なんて？」

「だから、お化粧よ」

「……」

（オケショウ？　オケショウって何だ？）

「ソフィーさん、お化粧はどういったものがお好みなの？」

「あ……そうですね……その、あまり詳しくなくて……」

言葉を濁しながら、ジュリアはやっと「化粧か！」と言葉の意味に思い至っていた。

悲しいかな、ジュリアのお化粧についての知識など、ほとんどないに等しい。

「まあぁぁぁっ。令嬢たるもの、それはいけませんわっ」

義母がなんてこと、と憤慨《ふんがい》するのを、ジュリアは力なく眺める。

「でも、大丈夫よ。私たちがソフィーさんに似合う最高のお化粧をしてさしあげるわ」

そこまでは強気で言った義母だったが、声のトーンを落とし、それはそうとね……と続ける。

「宝飾品とお化粧はなんとかなるとして、ドレスを仕立ててくれるクチュリエたちが手一杯だと言うのよ」

義母がため息をつく。

「どこをあたっても、もう埋まっているって」

「まあ、辛抱強く探すしかないさ」

のんびりと構える義父に、義母は焦りをにじませる。

「早く決めないと間に合わなくてよ」

「あの……それで、ドレスの費用なんですが……」

ここでようやく、ジュリアは口を開いた。

「その件に関しては、君が心を悩ませる必要はない」

ジュリアが先を言う前に、ロベルトが力強く頷いて見せた。

彼はそう言うが、ない袖は振れないと言うではないか。一体どうするつもりなのか。

ジュリアは困って、義母へと視線を向けた。義母はジュリアの言いたいことがわかったのだろう。安心させるかのように微笑んだ。

「いいのよ。ソフィーさん。私ね、本当に娘が欲しかったのよ。こうやって、貴女が嫁《とつ》いできてくれて、本当に嬉しいの。ね？　お願い。だから私たちに貴女の支度をさせて？」

「そうだよ。ソフィーさん、我々は結婚式にも立ち会えなかったのだから、このくらいの埋め合わせはさせてもらわなければ」

「お義父様、それはいけません」

義理の両親たちはそう言ってくれるが、ジュリアの気持ちは収まらない。

そもそも、貴族のしきたりなど何も知らないで、領地のために祝い金を全て使ってしまった自分が悪いのだ。

戸惑うジュリアに向かって、ロベルトが言った。

「俺のプライドにかけて、君に不自由な思いはさせない」

「だって……」

「俺の妻には、ふさわしい支度をさせるべきだ。だから、ここは夫である私を信頼して任せてくれないかな？」

ジュリアを流し目で見つめるロベルトの瞳が熱い。条件反射か、思わず頬が赤くなるのを感じて、ジュリアは狼狽《うろた》えた。

(くっそ。だからイケメンは……！)

内心の苛立ちを、平静を装《よそお》っておしかくす。

「でも、どうやって？」

本当に、ドレス代をどう捻出するのだろう。お金はもうほとんど残っていない。領地は水害から回復しつつあるが、税金を徴収できる段階ではない。

少し躊躇《ちゅうちょ》した後に、ロベルトが渋々といった様子で口を開いた。

「そんなに難しいことじゃないよ……クレスト家の家宝の一つを売れば済むことだ」

「そんな！　大切な家宝を売り払うなんて！」

義母が、ロベルトを擁護《ようご》するように言う。

「ソフィーさん、ロベルトに任せなさい。なんといっても、この子は貴女の夫なんですからね。それより、ドレスを仕立ててくれるクチュリエを早く見つけないと。本当に間に合わないわ」

義母の心配は、やはり期間のようだ。

「母上、まだ二ヶ月あるだろ？　大丈夫じゃないかな？」

「ドレスを仕立てるには、普通三ヶ月はかかるものなのよ」

「そんなに!?」

ジュリアとロベルトが同時に声を上げた。

「ええ、本当はもう間に合わないくらいなのよ！」

「あの、ほら、いつものクチュリエはどうなの？」

慌てたロベルトが言う。

「もう仕事が入ってしまったのですって」

「じゃあ、あの町の向こうの仕立師は？」

「あそこももう一杯なのだそうよ。いくつか、めぼしいところをあたってみたけど、もうどこも一杯で……クチュリエたちは、はっきり言わないけれど、他の貴族の仕事を請け負ってしまったようなの」

「他の貴族の仕事が入ってるのなら、無理に割り込めないな。宮廷で変な確執を作るわけにもいかん」

義父も言う。

その二人の会話を耳にして、ジュリアとロベルトは言葉を失った。のんびり構えている場合じゃないことに、ようやく気がついたのだ。

ドレスが間に合うかどうか——。事態は今、きわめて絶望的な状況を迎えていた。

◇

「じゃあソフィーさん、領地に戻ってクチュリエが決まったら、すぐに連絡するわね」

翌朝、クレスト伯爵邸の前に止められた立派な馬車のなかに、義理の両親たちの姿があった。

結局、クレスト伯爵領周辺のクチュリエは全て手一杯で、ドレスを作ってくれるところが見つからなかったのだ。そのため義母は、もしかしたら自分たちがいる南の領地のクチュリエなら空いているかもしれないと考え、予定を早めて帰ることにしたという。

あたふたと旅立った義理の両親を見送った後、ジュリアは一人で馬に乗って、森へと散策に出ることにした。

伯爵家当主が戻ってきたことにより、伯爵家には規則正しい秩序が戻った。だから、ジュリアがしなければならないことは、もう何もない。

屋敷の背後に広がる伯爵邸の森はとてつもなく広い。その森のなかを、馬をのろのろと走らせながら、ジュリアはぼんやりと考えにふけっていた。

家宝の一つである首飾りを売るために、ロベルトが屋敷に宝石商を呼んでいることをジュリアは知っている。彼にそこまでしてもらうのは気がひけるものの、他に代案はない。

舞踏会のドレスの出来映えはそのまま家の名誉にもつながるから、ジュリア一人が舞踏会で恥を掻くだけではないのだ。

(仕方ないな……)

いつまでもウジウジと悩んでいてもどうしようもない。ジュリアは、俯《うつむ》いていた顔をしゃんとあげて、木々から差し込む木漏れ日に意識を向けなおした。

小さな滝の近くを通り過ぎたときに、川辺にニリンソウが群生しているのが見えた。

それを横目で見ながら、川沿いに進む。目の前で小さな川が分岐していたので、じゃぶじゃぶと水音を立てながら、馬で横断した。

ふと気がつけば、見覚えのないところに来ていた。

(ここには、初めて来たかもしれない)

ジュリアの前に広がっていたのは、林に囲まれた大きな湿原だった。清流がさらさらと心地よい音をたてて、湿原に流れ込んでいる。淡い紫色の小さな花が、辺り一面広がっていた。

「まさか……、これは⁉」

見覚えのあるその花に、胸がドキリとする。ジュリアは慌てて馬を下りた。

革のブーツが湿原の泥へ沈みこむが、ジュリアはそんなことに構わず、震える手でそのうちの一本を摘み取った。

葉を指ですりつぶすと、独特の香りが広がる。そして、手のなかのつぶれた花をしげしげと見つめた。

唾をごくりと呑み込む。

もし、これが、本物だったら……本当にあれだったら……

自分の目の錯覚でないか、とジュリアは何度も指先を確かめた。

「信じられない……こんなにたくさん咲いてるなんて！」

花の形、大きさ、葉の形。もう一度、葉を指ですりつぶして、緑色の濃い液体を指でなぞる。薬臭いような、ほこり臭いような独特な香りがする。

薬師の娘として生まれたジュリアがそれを見誤ることは、絶対にない。

「間違いない。絶対にそうだ」

そこには、薬草として希少で高価なダーツムギが、大量に群生していたのだ。

ダーツムギ。万能薬の原料として非常に価値が高いもので、一束で馬が一頭買えるくらいの値段になる。それが、目の前に広がっているのだ。

「万能薬……」

この薬草を売れば、ドレスの一着や二着買えるどころではない。巨万の富を得られる、と言っても過言ではないくらいだ。

「ふっ……ははは……」

ジュリアは大きな声で笑った。自分は今まで、一体何を悩んでいたんだろう。

素晴らしい宝が、こんなにたくさん生えていたというのに。

きっと、この森にある薬草は、ダーツムギだけではないだろう。薬草というのは、似たような生育環境を好む。ここにこれだけのダーツムギがあるのだから、きっと他の薬草もあるに違いない。

日暮れまでは、まだかなり時間がある。

子供みたいにワクワクしながら、ジュリアは木々の根元を見たり、川の畔《あぜ》を注意しながら進んだりして、薬草を探す。

「あった！　ここにダードも！」

そうやって、ジュリアはときを忘れて薬草探しに熱中した。見つけた場所をきちんとメモに書きとめるのも忘れない。

どのくらいの時間を薬草探しに費やしたのか。

ふと我に返って空を見上げると、あかね色の夕焼け雲が広がっていた。

（ああ……もう夕方かあ。そろそろ帰らないと、みんなが心配する）

つないであった馬に乗り、伯爵邸へ帰る。

それにしても、今日の収穫は凄かった。

万能薬と言われるダーツムギ、鎮痛剤として用いられるアセダミ、切り傷などに優《すぐ》れた効果を持つダダード。

しかもどれも、とても状態がよく、高品質な状態で自生していた。

洪水が起きやすいのはこの土地の欠点ではあるが、逆に、豊かな水のおかげで、多種多様な薬草が大量に自生することができたのだろう。

この土地は、希少な薬草をいくらでも生み出すことができる稀有《けう》な場所だ。税金の問題も、借金の問題も、すべてこれでカタがつく。

採取する量にさえ気をつければ、薬草はどんどん増えていく。それは、決して絶えることのない収入源になるはずだ。

なんて、素晴らしいんだろう。

ジュリアは期待に胸を膨らませた。すべてとてもよい状態のものばかりだったので、売り物になるまでそれほど時間はかかるまい。収穫して乾燥させ、粉にする時間だけ……多分数週間もあれば、すぐに収入が得られるようになる。

これから、クレスト伯爵領は国内でも有数の裕福な地域になるだろう。そして何より、伯爵家は自分のために家宝を売らなくて済むのだ。

ジュリアはロベルトが驚く様子を思い浮かべた。はやく、彼にこの素敵なニュースを教えてあげよう。

うきうきと浮き立つ心を抑えられずに、ジュリアは馬をとばして、屋敷へと向かった。

屋敷に戻り、ジュリアは急いで階段を上った。

ロベルトの執務室に辿り着き、扉をノックする。

「ああ、やっぱりこちらにいらっしゃったのですね」

執務室に入ってきたジュリアの様子に、ロベルトが少し不思議そうな表情を向ける。おそらく、いつもはつんとして隙がないジュリアが機嫌が良さそうなので驚いたのだろう。

「ああ、いつも通りの執務だよ」

愛想よく、ロベルトは答えた。

ジュリアは今、外乗りから帰ってきたばかりだ。ブーツにシャツという軽装のままだが、かまわずずかずかと進み、ロベルトの前に立った。

「……森で何か見つけたの？」

ジュリアの態度に興味をそそられて、ロベルトが問う。ふふ、と含み笑いをして、ジュリアは彼を見た。

「……なんだい？　じらさないで教えてくれるかな？」

「これを見て」

そう言ってジュリアは袋を取り出し、中身を机の上に広げた。

ただの雑草にも思える花や草が、机の上に並ぶ。どれも色彩が薄く、とても地味な見た目だ。

ロベルトが不思議そうにジュリアを見上げた。

「……これは、草や花のようだけど？」

期待していた反応が得られなかったことに少しがっかりしつつ、ジュリアはロベルトを見た。

「薬草を見たことはないのですか？」

つい、ため息まじりに聞いてしまった。

「……いや、俺はそういうのは門外漢なんだ。これは全部薬草？」

ロベルトはそう言いながら、目の前の草を一つ摘まみあげて匂いをかいだ。

「……全く……こんな宝物がたくさんがあるというのに。今、貴方がつまんでいるのは、ダーツムギよ」

ジュリアは大きくため息をつく。

「ダーツムギ……珍しい薬草なの？」

「これ一束で馬が一頭買える」

「これで⁉　一体、どこで見つけたんだい？」

ジュリアはほんの少し誇らしげな気持ちを感じながら、胸を張った。

その仕草を見たロベルトの口元に、笑みが浮かぶ。

「伯爵領の森のなかよ」

「じゃあ、これも薬草なのか？」

ロベルトが別の草を摘まみあげる。周囲に、すっきりとした清涼感のある香りが広がった。

「それは、ダード」

ダードはロベルトも知っているようだ。切り傷や怪我に効くため、騎士や兵士であれば一度や二度は必ずお世話になる薬の原料となる薬草だから当然だろう。

「……これがダードなのか。初めて見た」

「面白いでしょう？」

多種多様な薬草があるのに驚いているロベルトに、ジュリアは言葉を続けた。

「これは、アセダミ、これは……」

ジュリアが楽しそうに、一つ一つの薬草について説明する。

「こんなにダーツムギが群生していたなんて驚いたわ」

ひと通り話し終わってから、ジュリアは再び感心をあらわにした。

「これ一束で馬が一頭買えるって言ってたよな？」

にわかには信じられないのだろう。ロベルトが確認するように言う。

「ええ」

「で、そこには何束くらい群生していたの？」

「……少なくとも五百束か、それ以上かな」

にっこり笑って告げる。他にも薬草がそこかしこに生えていて、まさしく宝箱のようだった。

「本当なの？」

ロベルトの顔が輝いている。ジュリアは確信をもって、強く頷いた。

「ええ、間違いない」

「流通価格で、一束いくらくらいかな？」

「そうね。品質にもよるけど……安いのだと十万ギルダーくらいで、高いのは五十万ギルダーくらいかしら？」

「これ一束で？」

「ええ」

「それが五百束だと、まあ一束平均して三十万ギルダーくらいと仮定して……」

「一億五千万ギルダーかしら。湿地に生えていたのはどれも最高級の品質だったから二億ギルダーくらいはいくかもしれない」

ジュリアはにやりと笑って続けた。

「他にも薬草はたくさん生えているのよ」

「なんてことだ！」

ジュリアは思わず、勝ち誇ったような顔でロベルトを見る。

「もう、ドレスの値段も、税金のことも、何もかもお金にまつわる問題はないも同然よ」

「信じられないな」

ロベルトも目を大きく見開いて、感心したようにため息をついた。

「明日の朝一番で、薬師を呼ぼう。そして、みんなでそこに行こうじゃないか。場所の記録は残してある？」

「ええ。もちろん」

そこに、執事のトーマスがやってきて、夕食の準備ができたと告げた。

「トーマス、今日は一級品のワインを蔵から出してきてくれ！」

ロベルトが機嫌よさげに伝えると、トーマスが少し怪訝《けげん》な顔をした。

「今日は、お二人でお夕食をお召しになるのですか？　旦那様」

「ああ、今日は二人ともそういう気分なんだよ。今日は、我が伯爵家の記念すべき日になるんだ」

「それはようございましたね」

執事の顔に満面の笑みが浮かぶ。

節度のある従僕《じゅうぼく》として、彼がそれ以上踏み込むことはない。執事が立ち去るのを見送ってから、ロベルトがジュリアに言う。

「今日は、二人でお祝いをしよう。さあ、ドレスに着替えて！　キャンドルを灯《とも》し、素敵なワインを開けよう。お祝いだ」

「ええ、そうね。今日はそんな気分だわ」

これから、伯爵領はきっと良い方向に転じるだろう。

これまでロベルトと食事をとるなんて考えたこともなかったが、今日は特別だ。

たとえ、相手がロベルトだったとしても、ジュリアも今日ばかりは祝いたい気分だった。

第六章

「暇だ……」

森のなかに声が響く。

その声はまた、同じ呟きを繰り返した。

「くそっ。暇だ。暇すぎる……」

ジュリアは木の上で、本を手にさらにもう一回呟いた。

ロベルトが領地にいない間は、ジュリアは好き勝手にすることができた。何をするにも、慣れたチェルトベリー騎士団の連中と自分しかいなかったから。しかし、伯爵が戻ってきた今、子爵領の兵士はすでに領地に帰っている。マークだけが事後処理のため、この地に残っている状態だ。

伯爵がいて、伯爵領の騎士たちがいては、伯爵夫人であるジュリアがすることは何も残っていない。貴族女性があれやこれやと夫の仕事に口を出すことは、はしたないことだとされているし、ジュリアも一応、そう思っている。

「君は、のんびりしているといいよ」

そんな風に言ってロベルトは気を遣ってくれているのだが、如何《いかん》せん、ジュリアから仕事をとったら何が残るのだ。

ジュリアは料理も家事もできない。仮に、やりたいと言ったところで執事のトーマスが首を縦に振らないだろう。

綺麗なドレスを着て社交にいそしむつもりもないし、そんなことをする知りあいもいない。

つまり、やっぱり暇なのである。

「暇だ……」

また一つ、ぼそりと呟いた。

そういえば……と、ジュリアは、ぼんやりと公爵のことを思い出す。

ガルバーニ公爵は、今頃どうしているのだろう？　タリオール来襲についてのやりとり以降、彼から全く音信がない。

もしかして、自分のことなんて、すっかり忘れてしまったのだろうか？

募《つの》る寂しさを抑えるように、ジュリアはふるふると首を振った。

じっとしていると余計なことばかり考えてしまう。彼がジュリアに会いたくないのであれば、それはそれで、仕方がないことだ。

自分にできることは何もない。所詮、彼は雲の上の人なのだから。

しばらく木の上で悶々《もんもん》としていたが、結局、ジュリアは屋敷へ戻ることにした。

「馬に人参《にんじん》をあげるから持ってきて」

屋敷に到着し、従者に人参《にんじん》を頼む。渡されたそれを馬の口に宛がうと、馬は嬉しそうに食らいついた。

ムシャムシャと咀嚼《そしゃく》する馬の細長い顔を眺めながら、これからどうやって時間を潰そうかとジュリアは一人で悩んだ。そんなジュリアの耳に、たくさんの馬がこちらに向かってくる音が聞こえた。

何事かと顔を上げると、黒い騎士服を着た騎士団が、伯爵邸の大きな門をくぐり抜けたところだった。

(ガルバーニ公爵領の騎士団！)

一番先頭の馬の上には、ジュリアがついさっきまで考えていた人物の顔があった。

公爵領の騎士団は、屋敷の前の大きな噴水の向こう側でぴたりととまる。

「ジョルジュ！」

ジュリアは自分でも意識しないまま、彼に向かって走りだしていた。ガルバーニ公爵も馬からさっと降りて、満面の笑みを湛《たた》えてジュリアに向かって大きく両手を広げる。

傍まで駆け寄るだけのつもりだったのに、勢いあまって、気がつけばジュリアは彼に抱き込まれていた。

麝香《じゃこう》の香りにふんわりと包まれる。いつもの彼の匂いだ。

「ああ、どうしてここに？」

会えてとても嬉しい。そんなジュリアに、公爵は蕩《とろ》けるような微笑みを向けた。彼の視線は、燃えるように熱い。

「私との約束を忘れたのですか？　おばかさん」

ジュリアは、相変わらず彼の腕のなかだ。

「約束？　……あっ、紫月《しづき》の？」

「そう。今日は何日？」

優しく彼が聞いた。

「今日から紫月《しづき》……」

予期しなかった再会で胸が一杯になって、気の利いた言葉が浮かばない。

彼の顔をひたすら見つめるジュリアの頬を、公爵はそっと指の背でなぞった。そして、優しく甘い声で囁《ささや》く。

「さあ、約束通り迎えに上がりましたよ。私の愛しい人」

◇

そのころ、ロベルトは、自分の執務室で忙しく働いていた。その傍では、マークがロベルトの補佐をしている。今後の領地の防衛策を練るためだ。

長く続いた会議の気分転換に、ロベルトが立ち上がって窓際から庭を眺めた。庭では妻のソフィーが馬に人参《にんじん》をやっている。遠乗りから戻ってきたところなのだろう。

ロベルトは、ぼんやりと彼女の背中を眺めた。

彼女は、領地の貧しい人を救い、農地の再生に尽力し、疫病《えきびょう》を沈静化した。

な手腕だった。領主の妻にふさわしいのは、こういう人だ。

それに対して、どんなにひいき目に見ても、エミリーは領主の妻にはなり得ない。

領民たちのことを考えれば、いつかは彼女とも別れなければならないとは思っていたが、それを口にすることをロベルトはどうしてもできずにいた。

今朝、エミリーと一緒に朝食をとったとき、二人の間に会話はなかった。テーブルの上には重苦しい雰囲気が漂い、ロベルトはエミリーに何も言わずに執務へ向かった。昨夜は、本館にいる妻の存在に苛立ったエミリーが少し泣いた。

(俺は一体、どうしたらいいんだろう？)

窓から妻の姿を眺めながら、ロベルトは一人、心のなかで煩悶《はんもん》していた。そのとき、屋敷の前に広がる森の道から、騎士団らしき一団が疾走してくるのが見えた。雰囲気から、敵襲でないことはわかる。

「あれは、どこの騎士団だろう？」

今日、どこかの騎士団が来るといった話は聞いていない。

「ああ、あれは、ガルバーニ公爵の騎士団だな」

マークが、きまり悪そうに言った。

なるほど、確かに先日の戦闘をともに戦った仲間の騎士団だ。一団はすぐに伯爵領の門扉《もんぴ》を通りすぎ、屋敷の前に広がっている丸い石畳の上で止まった。

「公爵領の騎士が、どうして？」

「あ、ああ、なんででしょうね」

マークの歯切れの悪い返事に、なんとなく釈然としないものを感じる。

騎士たちが続々と、馬から降り立つ。

そのとき、庭先で馬に人参《にんじん》をやっていた妻がドレスの裾を持ち上げて、彼らの方に勢いよく駆け出していくのが見えた。

「え？　あれは……？」

ロベルトは自分の目を疑った。

先頭の馬に乗っていた男が地面の上で、さっと大きく両手を広げ、自分の妻が、嬉しそうにその男の胸に飛び込んでいったのだ。

男は溢《あふ》れんばかりの笑顔を見せて、彼女を力強く抱きしめている。誰が見ても、二人の仲は相当親密だと思うはずだ。

あの男は一体誰だ？

ロベルトの胸がちりりと痛む。

「あー、あれか」

ロベルトのただならぬ雰囲気を感じたのか、マークが決まり悪そうに言う。

「あれ……ガルバーニ公爵なんだよな」

「なんだって⁉」

あの男が、闇のガルバーニ？　陰の王家とも言われている宮廷きっての実力者が、何故こ

こに？

「どうして……彼が？」

「あ……だって、そりゃ、花婿代理で結婚式に出たからだろ？」

――俺はエミリーしか愛せない。君は君で、ロマンスの相手を見つけて欲しい。誰か別の人と好きなようにしてもらって構わない――

自分が彼女に初めて書いた手紙を、ロベルトは思い返す。

形だけの妻を望んだのは、他ならぬロベルト自身だ。しかもそれを、彼女の気持ちを聞くこともせずに一方的に突きつけた。あのときは、エミリーさえいればいいと思っていたのだ……

「あの……な。クレスト様。ジュ……いや、ソフィー様は、結婚直後からずい分と公爵様に助けてもらっているというか……だな」

だから、多少、ハンディキャップがあっても気にするな、と、マークが慰めのような言葉を発した。

「多少……か」

「その……クレスト様と対等に話せる身分ではないが、話を聞いてくれるか？」

マークが言いにくそうに続ける。

「ああ、もちろんだ。気にせず話してくれ」

「その……な、クレスト様には、まだ愛人がいるだろう？　あれをまずなんとかしないと、彼女との仲は望めないと思うんだけどな」

「……エミリーのことか」

「彼女は、そういうのが大っ嫌いなんだ。お嬢様、いや、奥様はまっすぐというか、単細胞というか……」

「ああ、君の言いたいことはわかってる」

ロベルトは、冷静になろうと努めた。

こうしている今も、公爵は堂々と、ロベルトの妻を愛おしそうに抱きしめている。

その姿に腹が立ったが、だったら自分は何なのだ――と思い直す。

エミリーという愛妾を屋敷に囲い、召使いの前でも堂々といちゃついていたではないか。そんな自分を棚にあげて、二人に腹を立てることなどできるわけがない。

マークがさらに続ける。

「とにかく、彼女には、愛人と共生するなんていう貴族の女性的なことは無理なんだよ。それに、愛人を無視して夫と子をなせるほど、彼女はずうずうしくない。貴方は、未だに愛人と離れで暮らしているだろう？　そんなことをしている限り、奥様との関係は一〇〇パーセントないと思うが」

もし愛人と別れても、奥様が首を縦に振るかは別問題なんだけどな、と、マークは気まずそうに続けた。

事情はともかく、伯爵家の当主として、ロベルトは今、階下に来ている高貴な客人を出迎えなければならない。相手は、陰の王家とも呼ばれているガルバーニ公爵だ。彼を無視するような不作法はできない。

ロベルトは気落ちしたまま、玄関ホールにつながる大きな階段を降りていった。

◇

ジョルジュ・ガルバーニ公爵は、今ジュリアを自分の腕のなかに抱きしめていた。このときをどれだけ待っていただろうか。

そうしてようやく会えた愛しい人との久々の再会を味わっていると、屋敷のなかから領主であるクレスト伯爵が姿を現したことに気がついた。彼女を自分の腕から解放する。

近寄ってきたクレスト伯爵が、丁寧な口調で言う。

「初めてお目にかかりますね、ガルバーニ公爵様」

ロベルトは、まさに育ちのよい貴族のご子息といった雰囲気だ。

「君がクレスト伯爵だね？　お噂はかねがね」

ロベルトの瞳のなかに、一瞬畏怖《いふ》のような感情が浮かんで、消えた。生粋《きっすい》の貴族であるこの男は、自分が何者であるか知っているのだ。

ガルバーニ公爵家というのがどういった存在であるのか、貴族であるなら骨の髄《ずい》まで知っているはず。

「よい噂であるとよいのですが……ね」

クレスト伯爵がじっと自分の表情を窺っているのがわかる。突然の来客に対して、どういう態度をとるべきなのか決めあぐねているようだ。

「ここではなんですから、どうぞなかへお入りください」

丁寧に招き入れられ、ジョルジュは邸宅へ足を踏み入れる。

「トーマス！　公爵様にお茶を淹《い》れてくださいな」

ソフィーが執事に声をかけると、階段の裏手から執事が現れた。

「はい、ただいま。奥様」

「公爵様は、ミダートのお茶にしてね。私と旦那様はいつもの紅茶で」

「かしこまりました」

「いいの？　ミダートのお茶は結構クセが強いよ？」

ロベルトの問いに、彼女は少し言いにくそうに答えた。

「公爵様は……このお茶がお好きなんです」

ロベルトの目に嫉妬《しっと》の炎が浮かんだのが見えたが、ジョルジュはそれをさらりと受け流した。同時に、自分と同じように、この男も彼女に魅せられているのだと悟る。その事実はいささか面白くはないが、それを表に出すような振る舞いをするほど、自分は愚かではない。

自分が思いがけず嫉妬《しっと》深い性格だったとジョルジュは気づき、胸のなかでそっと苦笑いを浮かべた。しかしその感情を表に出すことはなく、ジョルジュはさりげなく、本来の用件へと気持ちを切り替えた。

「今日は、従僕《じゅうぼく》を同行させたいのですが構いませんか？」

「ええ、どうぞ」

ジョルジュの背後には、数人の従僕《じゅうぼく》が静かに控えている。

一行は、二階の応接室に案内された。席に着いたところで、執事が恭《うやうや》しくワゴンを運び込んできた。その上に茶の道具が乗っている。従者たちは後ろに立って、その様子を眺めていた。

執事がお茶を淹《い》れている間、ロベルトが再びじっと自分を観察していることに気づく。

「……私は貴方のお眼鏡にかないましたかな？」

思わず、皮肉めいた笑みが口元に浮かんだ。それを見たロベルトが一瞬ぎくりとしたような表情を浮かべ、そのままためらうように口を開いた。

「ええ。もちろんですとも。貴方のような方と直々にお会いできるとは思ってもみませんでしたから」

自分の目の前に座っているクレスト伯爵は、まだ年若く、政治的な経験も乏しいように見える。そんな男に対して、ジョルジュは、自分の目的を達成するのはさほど難しくないだろうと考えていた。

淹《い》れたての熱いお茶と、上品なお菓子がテーブルに並べられる。ロベルトは執事が仕事を終えるのを待ってから口を開いた。

「それで今日、わざわざ遠方からお越しいただいた理由をお伺いしてもよろしいでしょうか？」

「二つあります。まず、舞踏会のことですが……」

ここで公爵は愛しい人を見て少し微笑んだ。それを見てロベルトも、彼女に視線を向ける。

「ええ、もちろん、夫婦二人で参加しますよ」

ジョルジュを遮《さえぎ》るようにして、ロベルトが言う。夫婦という言葉を強調していて、自分の訪問をあまり喜んではいない様子が伝わってくるが、挑発的といえるほど強い口調ではない。

「それで、クチュリエはもうお決めになりましたかな？」

そんなことができないのを承知で、何気ない風を装《よそお》って聞く。予想通り、ロベルトはその問題に頭を抱えているようだ。

「いや……それがまだなのです。私が領地に戻ってきたときには、どこのメゾンもすでに予約がいっぱいで……」

ジョルジュは深く頷いた。自分の目論見通りに上手くことが進んでいる。

「そうでしょうね。宮廷の舞踏会は、貴族女性にとって大切な晴れの舞台でしょうから」

「ええ」

「実は、我が家が抱えるクチュリエは手が空いておりまして。もしよければ、当家のクチュリエをお使いになられてはいかがでしょうか」

さりげなく、切り出した。その言葉が親切心から出ているのだと、何も知らない人間なら感じるはずだ。

「ご厚意は非常にありがたいのですが……。この前の騎士団派遣といい、何故、そこまで当家に配慮してくださるのでしょうか？」

「それは……」

ジョルジュは一瞬、間を置いた。視線をちらりと彼女に向ける。

「私が伯爵夫人の花婿代理を務めさせていただいたからですよ。我が花嫁の苦境を黙って見過ごすわけにはいきませんから」

あえて茶化すように言う。その言葉に潜んでいる真の意図にクレスト伯爵が気づけば、身震いをして、その申し出を断っただろう。しかしまだ若い伯爵家当主はそんなことには気づきもしない。

「実は、ちょうど、両親の住む南の地でもクチュリエが見つからなかったと知らせが届いたところでして……。正直、それ以上のあてがないのです」

ロベルトは一瞬口をつぐんだが、すぐに思いきったように顔を上げた。

「……それでは、今回は、ご厚意に甘えさせていただいてもよろしいでしょうか？」

「では、決まりだ。実は、そのクチュリエも連れてきておりましてね。いや、女性だからクチュリエールか」

ジョルジュが従僕《じゅうぼく》へ視線を向けると、従僕《じゅうぼく》はドアへ向かい、待機していた人物に声をかけた。入ってきたのは、四十代後半とおぼしき女性だ。

「ガルバーニ公爵家にお仕えしております、クチュリエールのアマレット・ダ・モーリアと申します。よろしくお願いいたします。それで、早速ですが、奥様が舞踏会につけていかれる宝飾品はお手元にございますか？」

「ええ。それはもう決まっています。トーマス、ここに、あの首飾りを持ってきてくれるかな」

「はい。旦那様。かしこまりました」

ロベルトの命令に従い、執事が部屋から出ていく。その背中を見送ったジョルジュは、明るい口調で言った。

「さて、これで仕事が一つ片付いたわけだ」

「それで、二つ目のご用件とは？」

訝《いぶか》しげに聞くロベルトに、ジョルジュは軽く微笑んだ。

「ドレスの製作には、何度か仮縫いや衣装合わせなどが必要ですね？」

「ええ……女性のドレスにはあまり詳しくないのですが、おそらくそうでしょうね」

ロベルトも頷く。

「実は私も女性のドレスのことには疎《うと》くてね」

ジョルジュは落ち着いた様子で言い、視線をアマレットへと移した。

「それで、彼女からお願いがある、と言うのですよ」

彼が言い終わるのを待って、アマレットが口を開く。

「私は、今回のドレスの作成には、心血を注ぎたいと思っておりますの。由緒ある伯爵家の美しい奥様を宮廷に送り届けることほど名誉なことはございませんもの。ドレスの作成には、仮縫い、サイズ合わせ、デザインの調整など何度も試着や打ち合わせが必要でございまして」

彼女は一瞬、黙り込んだあと、思いきったように口を開く。

「ガルバーニ公爵領と伯爵領では距離がありすぎるのです。ドレスの工房は公爵領にありますの。職人たち全員を伯爵領に滞在させるわけにもいきませんし……。そうなると他の仕事ができなくなってしまいますの」

アマレットは申し訳なさそうに言う。

「そこで、伯爵夫人を我が公爵家に招待させていただきたいのです」

そのためにジョルジュはここに来たのだ。

「妻……を？」

驚いたような顔をするロベルトにジョルジュは続けた。

「ええ。本来でしたらお二人をご招待するべきでしょうが、クレスト伯爵はまだ領地の問題でお忙しいことと思いますので」

控えめな口調で言うが、公爵には最初からわかっている。クレスト伯爵がこの申し出を断ることなどできないことを。

すでに、クレスト伯爵領近辺のクチュリエは、全て押さえてある。この近辺で、ドレス一枚、いや、洋服一枚たりとも、作らせることは不可能だ。

しかし、衣装がどうであろうと、貴族である限りは、エリゼル殿下が主催する舞踏会へはなんとしても出なくてはならない。それが、貴族の務めだからだ。

ジョルジュの目には、今、目の前に座っている青年が手も足も出せずにもがいているように見えた。ジョルジュは言葉を慎重に選びながら、最後通牒《つうちょう》のようにクレスト伯爵に告げる。

「おそらく、この先、舞踏会までの間に、優秀なメゾンで手の空いているクチュリエを見つけることは不可能でしょうね」

すでにチェックメイトを打たれているのに、ロベルトはまだ気がついていない。

脇が甘いなと、ジョルジュは心の片隅でちらと思ったが、自分の顔には一切の表情は浮かんでいないだろう。

そんなことなど知らずに、ロベルトが悔しそうに言った。

「ええ、もう少し早く手を打つべきでした。ソフィー、君はどうしたい？」

ふと気づいたといった様子で、ロベルトが彼女を振り返った。

「あの……私……」

彼女は戸惑ったように、ロベルトとジョルジュを交互に見つめる。

「お申し出に……甘えさせていただいたほうがよいかと」

「では、決まりだ」

ジョルジュの声には、満足した響きが含まれていた。クレスト伯爵を見つめ、安心させるように言う。

「舞踏会まで、奥様はこちらで預からせていただきましょう」

「……よろしくお願いします。この借りは、必ずお返しさせていただきます」

「いや。私のほうこそ、花嫁の力になれて、誠に光栄です」

ロベルトが渋々言っているのを尻目に、ジョルジュは自分の気持ちを悟られることがないように、慎重に言葉をつないだ。今回の訪問の目的は達した。そんなジョルジュに、ロベルトが気遣わしげに聞く。

「では、いつごろ、妻を伺わせればよろしいでしょうか？」

「マダムのご都合さえよければ、これからすぐにでも」

できるだけ早く、彼女をこの伯爵邸から連れ出したい。

ちらりと彼女の顔を窺うと、そこには無邪気な表情が浮かんでいる。彼女を屋敷に招くのは、単純にドレスのためだと考えているようだ。

その無邪気さが愛おしい。

今までのやりとりからも、彼女が男女の駆け引きなどとは全く無縁の生活を送っていたことは明らかだ。

彼女をクレスト伯爵とともにいさせる危うさに、ジョルジュは気づいていた。

「それは……身支度などもあろうと思いますので……」

少なくとも明後日《あさって》……渋るロベルトを、彼女が遮《さえぎ》る。

「私は暇なので、今からでも構いません」

「君が……いいのであれば構わないんだが」

苦い表情を浮かべつつ、ロベルトは頷いた。

「トーマス、旅立ちの支度をお願い」

「奥様、かしこまりました」

執事があたふたと準備のために部屋を後にするのを眺めつつ、ジョルジュは目的を達したことに満足し、腹のなかで笑みを浮かべた。

◇

ロベルトとの話し合いの後、二人はすぐに出立した。

しかしガルバーニ領は遠く、ジュリアが到着したころには、真夜中に近い時刻になっていた。

「おかえりなさいませ」

公爵邸の前で馬から降りると、年老いた執事と数名の侍女たちが二人を出迎えた。

「少し遅くなったが問題なく到着することができてよかったよ、マーカス」

「ご無事のお帰り、何よりでございます」

たくさんの従僕《じゅうぼく》たちに馬の手綱《たづな》や荷物を任せて、二人は屋敷の扉の前に立った。

ガルバーニ公爵邸は、石造りの大きな建物で、邸宅というより、城に近い。重厚な門扉《もんぴ》の傍で松《たい》明《まつ》が景気よく灯《とも》され、ジュリアを歓迎するかのように光を放っていた。

公爵がジュリアを簡単に彼らに紹介する。老執事は目を細めて、ジュリアに挨拶《あいさつ》した。

「お話はお伺いしております。マダム」

「しばらくの間よろしくお願いいたします」

ジュリアが品よく返すと、公爵が楽しそうに口を開く。

「さあ、疲れただろう。部屋はもう用意してあるから、ゆっくり休むといい」

二人で玄関の大きな扉をくぐり、先に広がるホールを横切る。

「とても大きいお屋敷なんですね」

「そうだね。私は子供のころから住んでいるから、これが普通という感覚だけど」

大きならせん階段を上がり、少し進む。

突き当たりが、ジュリアの部屋のようだ。彼がドアを開けてくれた。

「ここが貴女の部屋だ」

ぐるりと見渡すジュリアに、彼はにこやかに告げた。

部屋の入り口でふと立ち止まり、公爵がジュリアの両手を取る。そして目を輝かせながら、ジュリアをまっすぐに見つめた。

「我が公爵邸にようこそ、マダム」

彼は改めて歓迎の言葉を述べ、微笑む。

「貴女のために、この部屋を準備させた。気に入るといいのだけど」

その部屋は、とても綺麗に設《しつら》えられていた。

美しい織物が壁に掛かり、たくさんの花が生けられている。

そこは、ジュリアが今まで一度も見たことがないほど優美で調和のとれた部屋だった。

「あの……」

ジュリアは目を奪われつつも、とにかくお礼だけでも言わなくてはと思った。

「とても素敵な部屋ですね。私のために……ありがとうございます」

やっとのことで礼を言うジュリアを、公爵が思慮深い光を湛《たた》えた目でじっと見つめる。

「……礼には及びませんよ。貴女は私の花嫁なのだから」

冗談とも本気ともつかない彼の言葉に、ジュリアは戸惑いながらも、胸がときめくのを感じた。

彼はどうして、こんなに親切にしてくれるのだろう。

「何か必要なことがあれば、いつでも呼び鈴を鳴らして人を呼ぶといいでしょう。入り用のものがあれば、いつでも従者に命じてください」

「ありがとうございます」

「今日はもう遅い。それに、長い旅路だった。貴女も疲れているでしょう。ゆっくりお休みなさい」

「ええ、お休みなさい。公爵様」

「ジョルジュ……でしょう？」

そう言う公爵の視線は、相変わらず甘い。

「ええ。お休みなさい……ジョルジュ」

ジュリアが真っ赤になりながら、やっとのことで彼の名前を口にすると、彼は満足げに笑った。

「そう。それでよろしい」

しかし、彼の手は、まだジュリアの手を握ったままだ。

この手をふりほどけと言うのだろうか？

「あの……ジョルジュ……？」

「はい。何でしょう？」

にっこりと自分を見つめる公爵に、ジュリアは動揺しながら言った。

「あの……手を……」

「ああ……そうか。手か」

公爵はジュリアにもう一歩近寄った。そして、彼女の手を軽く持ち上げると、上目遣いにジュリアを見つめながら、手の甲に唇を落とした。

素肌に感じる、少し湿った柔らかい感触。

それが彼の唇が触れたせいなのだとわかり、ジュリアの頭が沸騰する。

そのまま固まるジュリアに、公爵はふ、と笑いながら言った。

「お休み。いい夢を」

そう言うと、公爵はくるりと踵《きびす》を返して、廊下を去っていく。

ジュリアは部屋の前の踊り場の手すりから半身をのり出して、らせん階段を下りていく彼の後ろ姿を見つめ続けた。

ふと彼が振り返り、ジュリアに微笑みながら手を振る。

その微笑みに胸を打ち抜かれ、ジュリアはなんとか手を振り返すのがやっとだった。

公爵がじっと自分を見つめる視線を感じながら、ジュリアはヨタヨタと部屋に入り、後ろ手にドアを閉めた。

「……おやすみ。ジュリア」

――一方、ジュリアが閉めた扉をじっと見つめながら、公爵は小さな声で呟く。

彼の言葉はジュリアには届くことなく、そのまま儚《はかな》く消えていった。

第七章

気づけば、ジュリアは一人、チェルトベリー子爵家の使用人部屋にいた。

子供姿の自分は今、食事を待っているようだ。

どう見ても幸せそうには思えない、その光景――

自分が子供だったときの夢を見ているのだと、ジュリアはすぐに気づいた。

流行病《はやりやまい》で母が亡くなり、叔父を名乗る人によって見知らぬ貴族の館に引き取られたばかりのころだ。

そのときの自分は、右も左もわからず、ひたすら、おぼつかない気持ちだったことをよく覚えている。

大人になった今だからこそ、ジュリアにはいろいろなことがわかっている。

自分が、マクナム伯爵を父にもち、平民の母の間に生まれた子供だということを。そして、二人は結婚しておらず、自分が婚外子であることを。しかし幼いジュリアにはそれは知らされていないことだった。

母という存在がいたにもかかわらず、父はどこかの身分の高い女性と婚約していたらしい。

チェルトベリー子爵家は、その婚約者の不興を買うことを恐れて、ジュリアの存在をひた隠しにしていたように思う。

マクナム伯爵の血を引くものだから棄《す》てるわけにもいかないが、決して、日の当たる場所にも出せない。そんな中途半端な子供――それがジュリアだった。

ジュリアの生い立ちを使用人たちに知られることがないよう、子爵家は細心の注意を払っていたようだ。それは成功し、使用人たちはジュリアのことを、ただの身よりのない子供と思っていた。

食事の時間になるといつもジュリアは、薄暗くて狭い使用人部屋に呼ばれた。そこの片隅に置いてあるテーブルの前に座らされ、ジュリアは食べ物が運ばれてくるのをただじっと待つ。

テーブルの脚が一つ低く、カタカタ鳴る。

しばらくすると従者がやってきて、ジュリアの前に乱暴に皿を置いた。

居候《いそうろう》には優しい言葉をかけてはいけないという法律でもあるかのように、使用人たちの態度は冷たい。

目の前の食事は貧相で、パサパサしたパンに、スープだけ。食べ盛りの子どもにとって、それは決して十分な量ではないが、与えられるだけまだましなのかもしれない。

まだ小さかったジュリアは人の目を憚《はばか》るように、背を丸めながらそれをぼそぼそと口にした。

食事が終われば、出て行けと言わんばかりに、さっさと追い出される。

社交シーズンが終わり、叔父が領地に戻っている短い間は、ごくたまに夕食の席に呼ばれることもあった。叔父として少しはジュリアのことを気にかけていたのだろう。けれども、ジュリアの席はテーブルの一番端で、叔父とはとても遠く、話しかけることなどほとんどできなかった。

叔父が普段から領地に滞在していれば、状況は少しは違っていたのかもしれない。しかし、現実には叔父はほとんど領地におらず、ジュリアは一人で使用人の部屋で虐《しいた》げられるように食事をしていたのだ。

話し相手がいない食卓は寂しい。

今日も一人きりで、いつもと変わらない食事を前にする子供のジュリア。神妙な顔で、ぐっとスプーンを握りしめる。そして意を決したように、食事を口に運んだ。

「美味《おい》しくない……」

亜麻色の髪をしたやせっぽっちの子供の口から、ぽつりと呟きが落ちた――

◇

「ああ、夢だったのか……」

柔らかな寝台の上で目を開けると、カーテン越しに明るい光が差し込んでいるのが見える。

（……ここは公爵様のお屋敷だったっけ……）

ぼんやりしながら、ジュリアはベッドの縁《ふち》に腰掛けた。朝日のなかで改めて部屋を眺めると、それがいかに美しい部屋なのかを実感する。ひたすら感嘆しながら見入っていると、公爵邸の侍女が、そっと姿を現した。

「マダム、お目覚めにございますか？　朝食の準備ができております。お召し替えのお手伝いをさせていただきます」

ジュリアは立ち上がり、侍女に促されるままクローゼットの扉を開いた。そしてなかを覗いて、驚いた。

そこには青や紫など、色とりどりのドレスがびっしりと詰め込まれている。

「旦那様から、マダムのお召し物を準備しておくようにと申しつけられておりました。お好みのスタイルがわからなかったものですから、標準的なものを集めております。朝食には、どのドレスをお召しになられますか？　当家では朝はモーニングドレスと決まっておりますので、こちらのなかからお選びくださいまし」

侍女が示したたくさんのドレスから、ジュリアはなんとなく、淡いブルーのシンプルなものを選んだ。それに着替え、続けて簡単な身支度を済ませて通された先は、庭が見渡せる素敵な部屋だった。

「モーニングルームにございます。当家では、朝食はいつもこちらで召し上がっていただいております」

公爵邸は、朝食と夕食の部屋が別にあるそうだ。

部屋には、公爵が待っていた。

「おはよう。よく眠れた？」

優しげに目を細めて笑いかける公爵に、ジュリアも口の端を上げて微笑み返す。

「ええ、おかげでぐっすりと眠れました」

「部屋のドレスは全部君のために用意させたんだが、他に足りないものはある？」

「いいえ。申し分ないです」

ジュリアが答えると、公爵は再び目を細めて、にっこり笑う。

「そう。それはよかった」

穏やかな声が心地よい。

朝一番に彼の顔が見られるとは、なんて素敵なことなのか。

ジュリアも、いつもよりも穏やかな笑みを浮かべ、執事が引いてくれた椅子に腰掛けた。

執事が絞りたてのジュースをグラスについでくれる間に、ジュリアは目の前にある白パンに手を伸ばした。焼きたてで柔らかくて、とても香ばしい香りがする。子供のころに子爵領で食べていた、パサパサのパンとは雲泥《うんでい》の差だ。

今朝見た夢のことを、ジュリアはふと思い出した。

一人で食べる食事は、とても味気なくて寂しかったな、と、ぼんやりと物思いに沈んだジュリアに、執事が声をかける。

「マダム、パンをもう一ついかがですか？」

「ええ。お願いします」

ジュリアは気を取り直して、目の前で湯気を立てているスープを口にいれた。滑《なめ》らかで濃厚で、とても美味《おい》しい。

「マーカス、今日の彼女の予定は何だったかな？」

ジョルジュが明るい顔で聞くと、執事は給仕の手を休め、まるで丸暗記しているかのように、すらすらと答えた。

「本日は舞踏会用のお衣装につきまして、デザイナーと打ち合わせがございます。ご朝食の後に予定しております」

「そうか。舞踏会用のドレスを着た君はきっと素敵だろうね」

ジョルジュが目を細めて楽しそうに言う。

これから、ジュリアのドレスが仕立てられるのだ。デザイナーが自分のために作ってくれるドレスとは、一体どんなものなのか。

今日に至るまで、ジュリアは女らしいこととは全く縁がなかった。

しかし、だからと言ってそういうものに全く関心がないわけではない。ドレスを着てみたい気もかつては確かにあった。けれど自分には叶わぬことだと諦めたのは、一体どのくらい前のことだったろう。

今、自分がいる境遇が素晴らしすぎて、夢のようだと思う。

ジュリアの顔色を見て、公爵が気遣うように声をかけた。

「どうしたの？　何か問題でも？」

「いいえ、何も……」

ジュリアは、幸せな気持ちに浸《ひた》っていただけだ。

テーブルの向かい側に座るジョルジュに目を向けると、果物にナイフをいれ、上品な仕草でそれを口に運ぶところだった。

ジョルジュは、時折ジュリアを見つめては、幸せそうに口の端をあげる。

朝食はどれも美味《おい》しくて、申し分なかった。けれども、もしそれが質素なパン一つだけだったとしても、ジュリアの幸せな気持ちには何の影響も与えなかっただろう。

公爵が優しく微笑むだけで、ジュリアの胸はすぐに幸せで一杯になってしまうのだから。

「おいで。デザイナーが来るまでの間、屋敷を案内しよう」

朝食が終わって、彼が立ち上がりながら差し出した手を恥じらいながら取る。

そっと握られた彼の手が温かかったので、ジュリアは嬉しくなって彼の顔を見上げた。ジュリアは長身だが、公爵はもっと背が高い。

回廊から見えるのは、広々とした庭園に、大きな森だ。

「本当に広いですね」

ジュリアが感心して言う。

「この屋敷が大きすぎて、子供のころ、道に迷って何度も泣いたよ」

ジョルジュがそう言って笑った。

それはきっと、誇張でもなんでもなく、事実なのだろう。

一通り屋敷のなかを見せてもらった後、公爵は執務があると言って、そのまま執務室へと向かった。その背中を見送るジュリアのもとに執事が来て、クチュリエールがお待ちですと告げる。

——そして今、ジュリアの目の前には、繊細なレースの生地やシフォンの生地、美しい花の刺繍《ししゅう》が入った生地など、色鮮やかな生地が並んでいる。

たくさんの色に囲まれて、それを見ているだけで楽しい気分になった。

「マダム。どのような生地がお好みですの？」

昨日クレスト伯爵家で挨拶《あいさつ》をしたアマレットが、明るく丁寧な口調でジュリアに語りかけた。

「そうですね……その、いろいろありすぎて……」

あまりに数が多すぎて、選ぶのは難しそうだ。

とりあえず、目を惹《ひ》かれた淡い忘れな草のようなブルーに、スズランに似た小花が織り込まれている美しい生地を手に取る。

他に豪華なものもいろいろあった。濃い青の上に、金糸や銀糸が織り込まれている見事なものや、落ち着いた緑に金糸できらびやかな刺繍《ししゅう》が施《ほどこ》されたものもある。

「マダムの髪と瞳のお色でしたら、ブルー系のドレスがお似合いなのでは？」

アマレットが、デザイン画を見せてくれた。どれも素敵なデザインだ。

彼女の説明に、ジュリアは控えめに相づちを打ちつつデザイン画を眺める。

鏡の前で、アマレットがジュリアの顔にいくつかの生地を当て真剣に思案する様を見て、ジュリアはきっと素晴らしいドレスが出来上がるに違いないと確信していた。

第八章

「マダム、これからのスケジュールをご覧になってください」

公爵家に滞在をはじめて数日後の朝。公爵家の執事から手渡されたのは、分厚い紙の束だ。

まるで学校の時間割のようだ。それに目を通すと、そこにはジュリアのスケジュールが分刻みでぎっしりと書き込まれていた。マナーから始まりダンスに至るまで、科目は多種多様に及ぶ。

「え？　朝から……これは？」

驚くジュリアに、執事は爽《さわ》やかな鬼畜スマイルで告げる。

「はい。左様にございます。朝から、お忙しゅうございますね？」

ジュリアをこれほどまでにお忙しくさせている犯人は、この執事である。

自分で忙しいスケジュールを組んでおいて、「お忙しゅうございますね」と、しらっと言えるのはさすが、ガルバーニ公爵家の執事だ。

「マナー、芸術、ダンス、仮縫い……!?」

ジュリアはリストを眺めながら、ごくりと唾を呑み込んだ。

ジュリアとは全く無縁の世界が広がっている。

芸術って何だ？　芸術って……

執事が示したレッスン内容は、ジュリアにとっては、どれも全く馴染《なじ》みがないものばかりだ。

なんだか悔しくなって執事をじっと見上げれば、執事は穏やかにジュリアに尋ねた。

「マダム、いかがなされましたか？」

――これは、腹芸なのか。それとも、これがこの執事の本質なのか。

愛想のよい表情とは裏腹に、この執事には、否《いな》と言わせる隙がない。

「いえ。別に……何も」

「では、私は下がらせていただいてよろしいでしょうか？」

「え、ええ。どうぞ」

(もしかしたら、この男は、ブラック執事なのかもしれない)

ジュリアはそんなことを思いながら、彼が立ち去るのをぼんやりと眺めていた。

そうして、日々のレッスンが始まって、しばらくしたころ――

「食事の後で、少し踊りませんか？　貴女のダンスの進捗状況も把握しておきたいのです」

ジョルジュに誘われて、二人でダンス用のホールへ向かう。

彼の手を取り、ジュリアは背筋をすっと伸ばして立った。

彼のリードに従いながら、音楽に合わせてジュリアはステップを踏む。

金の縁《ふち》の大きな鏡や、大理石の彫像などが置いてある壮麗なダンスホールの中央で彼とくるくる踊れば、それらの華麗な装飾も同じように回っていく。

「そう……その調子。上手ですね」

自分の腕のなかで踊るジュリアを見つめながら、公爵が整った顔に甘い表情を浮かべ、にっこりと微笑んだ。

「そう……しとやかにステップを踏んで……そう、そこで一瞬止まって……」

ホールの中央で、公爵がすっと背筋を伸ばして一瞬だけ動きを止める。優雅な佇《たたず》まいでジュリアの腰に片手を軽く添える。彼に合わせ、ジュリアも止まった。

そして再び、動き始める。ジョルジュはとても上手な踊り方で、ジュリアを優しく、完璧にリードしていく。

「足下ばかり見てないで顔を上げて？　相手にきちんと視線を向けなくてはいけないよ？」

そう諭され、ジュリアは顔を上げた。そして、ジョルジュとのあまりの近さにぎくりとする。

踊っているのだから距離が近いのは当然だが、如何《いかん》せんこれは近すぎる。

こんなに至近距離で彼の端整な顔を見つめるなんて、一体どうすればいいのか。

気を緩めるとうっとり見つめてしまって、すぐにステップがおぼつかなくなる。

「……何を見ているのですか？」

公爵が素敵な笑みを漏らす度に、ジュリアの頭は沸騰しそうになった。

「いえ……何も」

ジュリアは彼の顔から咄嗟《とっさ》に視線をはずしたのだが、ジョルジュにはお見通しらしい。

「ダンスって、こんなに密着するものなのですか？」

「ええ、このくらいの距離ですよ」

近いけれども抱擁《ほうよう》とまではいえない距離。それは、ダンスのためであって、決して特別な感情を示すことにはならない。それがわかっていても、ジュリアにはその距離が、なんだかとてももどかしい。

「さあ、ここでターンして」

公爵が高く掲げた腕の下で、ジュリアはくるりと回った。

「そう……こんな風に、優雅に……」

ジョルジュの所作は、とても優雅だ。さすが生まれながらの貴族である。

「ああ、本当に上手ですね」

さらには、優しげに微笑んでジュリアを褒めてくれる。そんな綿菓子のような彼の態度が、とても恥ずかしい。それなのに、このままずっとレッスンが終わらなければいいのに、と思ってしまうのはどういうわけだろう。

近づく度に香る彼の麝香《じゃこう》の香り、指から伝わる体温、腰に添えられた形のよい大きな手。

男の人の指は長くて、強くて、女性のそれとは全く違う。その指に触れられるのが、とても心地いい。

彼の形のよい指の一本一本を触ってみたい、そして、自分の指をもっと絡ませたい……

はっと、ジュリアは我に返った。

自分は今、一体、何を考えた？

その瞬間、足がもつれてバランスを崩した。

「わっ」

(倒れる!)

不覚だ! こんなことで体勢を崩すなんて。

とそのとき、公爵がぐっと腕を引き、ジュリアは背中から彼に倒れ込んだ。背中にジョルジュの胸板と体温を感じた瞬間、後ろから抱きしめられる。彼の頬が自分の頬にそっと寄せられたのがわかった。

(うううぅぅ!)

近い! 近い!

かあっと頬が熱くなる。こんな状況には慣れていないのだ。

「ほら……注意力が散漫になると、こういうことになるんだ」

後ろから抱きしめられたまま、耳もとで囁《ささや》かれた。

叱られているのか誘われているのかわからないような、甘い声。

一瞬、ぞくりとした感覚が背筋を走る。

彼の唇が、そのままジュリアのうなじに軽く触れる。それは、張りがあって柔らかい。

(わ、わ、わ!)

なんだかわからないが、とにかく背中とか、首はダメだ。特にうなじはダメだ。ぞくぞくしてしまう。

「……お仕置きが必要かな?」

背後で自分を抱きしめる公爵から、ただならぬ気配を感じた。

彼の腕がジュリアの前に回る。唇が再び耳へ近づき、甘い吐息が耳にかかった。

(どうしよう、どうしよう！)

戦闘以外の男性経験が皆無のジュリアは、どうしたらいいのか、さっぱりわからない。

このままの体勢でいては危ない！

何が危ないのかよくわからなかったのだが、それはとにかく危険なのだと自分のなかの何かが訴えていた。

ジュリアは、咄嗟《とっさ》に姿勢を整えてジョルジュと向き合う。まだ心臓が早鐘のように打っている。

「だ、だ、だっ、大丈夫ですっ」

「そう……」

残念そうな彼の視線が、とても恥ずかしい。

「あ……じゃあ、続きを……」

「……」

公爵は、何か言いたげな顔をしていたが、ジュリアは必死で気づいていないフリをした。聞くのが怖かったのだ。

そうして再び気を取り直し彼の様子を窺うと、ジョルジュはぼんやりと考え込んでいるように見えた。

「ジョルジュ？」

ジュリアが名を呼ぶと、彼ははっと我に返った。

「……ああ、すまない。ちょっと考え事を」

そう侘《わ》びた公爵は、もう普段通りに戻っていた。礼儀正しくて、几帳面ないつもの彼だ。

(ああ、びっくりした。今のは何だったんだろう?)

男女の機微に疎《うと》すぎるジュリアだったが、気を取り直してレッスンを続けた。

◇

公爵邸に来てからかなりの日数が経った。ジュリアは相変わらず、忙しい毎日を送っている。

しかし、スケジュール的に忙しくても、クレスト伯爵邸と違って、ここでは気持ち的には毎日が平和だ。ここに、夫の愛人問題はない。いくらロベルトに興味がないとはいえ、クレスト伯爵邸の『愛人がいる夫の妻』、という立場は、それなりに悩ましいものだったのだなと、ここに来てジュリアは気づいていた。

それになにより、ここには公爵がいる。

彼は領地運営に忙しく走り回っていても、毎日ジュリアと一緒に食事をとり、ともに過ごす時間を作っていた。そうして二人はいろいろなことを語りあい、ジュリアは彼の人となりを十分に知ることができた気がする。

——ある日の晩餐《ばんさん》のときのこと。

「今日は、何を学んだの？」

お酒の入ったグラスを手に、公爵が楽しげにジュリアに話しかける。

「宮廷でのマナーとか王家の方々に対する振る舞いなどを……」

「そう。宮廷では、マナーはとても大切だからね」

そんな話をしばらくした後、ジョルジュが話題を変えた。

「貴女の講師たちから、いろいろ報告がきましたが」

ジュリアは、別の意味でドキリとする。

「……ずい分と熱心に学んでいるそうですね？」

少しからかうような口調だ。

彼の美しい誤解をとくべきか、ジュリアは一瞬悩む。

上司の命令には完全服従が騎士の掟《おきて》だ。

子爵領では自分が上役だったが、ここでは講師が上の立場になる。騎士としての習性で、ジュリアは言われたことにはつい従ってしまうのである。それが「熱心に学ぶ」と見えているのだろう。

「貴女が優秀だと、どの講師も褒めていましたよ」

「あの……ありがとうございます」

それでも、褒められると嬉しいものだ。

そんな風に、毎日が順調に過ぎていく。

平和で穏やかな日々。なのにジュリアの心のなかには、微《かす》かな疑問が少しずつ芽生え始めていた。

（どうして彼は、こんなに親切にしてくれるんだろう）

それは重苦しい感覚を伴いながら、次第に胸のなかで大きくなっていく。

ドレスを作るためという理由でやってきた公爵邸だが、ここではそれ以上のことをしてもらっている。自分がここで受けている待遇が、ジョルジュの親切心によるものだと思うほど、ジュリアは世間知らずではない。

しかし、彼の態度は変わらず丁寧で礼儀正しいままだ。

ごくまれに、彼の熱い感情を感じるときはあるが、それで何をされるわけでもない。

端から見れば、ジュリアは大切な客としてもてなされているように思える。けれども、それがジュリアを悩ませていた。

ジュリアは、二人で踊ったときのことをふと思い出す。

うっかりつまずいて転びそうになったとき、彼が抱きとめてくれた。そこで聞いた、彼の甘い囁《ささや》き。

——ほら……注意力が散漫になると、こういうことになるんだ。

責められているのか誘惑されているのかわからない、甘い声。戸惑うジュリアのうなじにそっと触れた、彼の唇。

そのときの記憶が急に蘇《よみがえ》った。ジュリアは狼狽《うろた》えて、手にしていたペンをぽろりととり落とした。

はっと我に返って顔を上げると、マナーの講師が怪訝《けげん》な顔で自分を見つめていた。

今は、マナーの授業中だったことを思い出す。

講師が心配そうにジュリアの顔を覗き込んだ。

「まあ、マダム、どうなさいましたか？」

「いえ、何でもありません。続けてください」

「顔が真っ赤ですわよ。熱でもおありになって？」

心配そうな講師に、ジュリアは大丈夫ですからと何度も首を振る。

幸運なことに、そのあとすぐに授業が終わった。

気を利かせた講師が早めに立ち去ったため、ジュリアはたった今学んだことをまるっと無視して、椅子の上にもぞもぞと膝を抱えて座った。

——彼の意図がわからない。

時折ふと自分に見せる、親しさ以上の感情を含む、表情や仕草。

彼の微笑みはとても優しくて、自分をじっと見つめる瞳のなかには、好意以上の何かがあるように思えてしかたがない。その度に、彼への思いがどんどんと募《つの》っていくというのに、彼はいつも礼儀正しく節度ある態度を崩さないのだ。

それがジュリアを悩ませる。

彼は自分のことを一体、どう思っているのだろう。

それを聞いてみたいと思う気持ちと、聞くのが怖い気持ちがせめぎあう。胸の痛みを感じて、ジュリアはため息まじりに首を横に振った。

（バカだな、私。ジョルジュが私のことを好きだなんて、あるわけないのに）

そもそも彼は、自分とは違う世界の人だ。

たとえジュリアがどんなに彼に恋こがれたとしても、無駄なこと。

ここに来てから、ジュリアは、ジョルジュのいろんな顔を知った。領主としての厳しい顔も、ジュリアに対する優しく思いやりのある表情も、時折浮かぶ口元の幸せそうな微笑みも。全部が愛おしい。

だからこそ、と、ジュリアは物思いに沈む。

(思い違いも甚《はなは》だしい)

彼は地位の高い由緒ある公爵家の当主。一方ジュリアは、庶子であり、身代わりとして送り込まれた捨て駒だ。

(もし、お父様が生きていたら――)

ふと、ジュリアの胸に、顔も知らない父親の姿が浮かぶ。

もし、自分が伯爵令嬢だったら、ジョルジュの熱い眼差しを真っ直ぐに受け止め、彼に愛されることを当然のように受け入れられたかもしれない。

ジュリアは、祝福されながら彼の手を取り幸せそうに微笑む娘の姿を思い浮かべた。

想像のなかの彼女には、その権利がある。

けれども、現実は違う。

もっと残酷で、もっと薄情だ。

じわりと目の縁《ふち》に滲《にじ》み出た涙を拭《ぬぐ》おうともせずに、ジュリアは膝を抱えたまま、壁の一点をじっと眺めた。

「身分違いの片思いか……」

悲しい思いで、ジュリアは呟く。

そんな気持ちを振り切るように、涙で濡れた目をごしごしと拭《ぬぐ》った。

どんなに辛くとも泣き言は言うまい。

毅然《きぜん》として顔をあげたジュリアの口元には、厳しい表情が浮かんでいた。

◇

その日の遅い時刻、執事がジュリアの部屋の扉を叩いた。

「マダム。クレスト伯爵領からの使者がお見えです」

「わかりました。すぐ行きます」

ジュリアが階段の踊り場からホールを見下ろすと、見慣れた顔があった。

「マーク！」

ずい分会っていなかった。嬉しくなって声をかければ、マークはひらひらと手をあげて、ジュリアを見上げた。

「クレスト様からの手紙を言付かって来た。薬草の事業の件だそうだ」

「わざわざ、遠いところをありがとう」

「いや、他の用件で出かける途中だったから、ちょうどよかったよ」

マークが笑顔を見せながら、目の前にやってきたジュリアに手紙を手渡そうとする。

と、マークがひゅうと口笛を吹いて、ジュリアの顔をまじまじと見つめた。

「……お前、見違えるほど綺麗になったな」

ジュリアの顔の何がどう違うのか指摘できるほど、マークは繊細な感性の持ち主ではない。けれども、ジュリアの瞳はいつもの三倍増しに潤《うる》んでいるし、口元には見たこともないような優しげな表情が浮かんでいることくらいは気づいた。

しばらく訝《いぶか》しげにジュリアを見つめていたマークだったが、やがてポンッと手を叩いた。

「あ、あれだ！」

「何だ？」

マークは遠慮というものを知らない。

「あの、野良猫が拾われた後に、かわいい顔になるやつだ！」

「は？　野良猫……？」

目をぱちくりとするジュリアの顔に、マークは、一人納得した顔をする。

野良猫というのは、拾われたときには殺伐《さつばつ》とした表情をしているものだ。それが優しい飼い主と暮らし始めると、次第に愛くるしくなって、最後には飼い主をつぶらな瞳でうるうると見つめるようになる。

「お前、拾われた野良猫そっく……」

そっくりと言おうとして、マークははっと口をつぐんだ。階段に、ガルバーニ公爵の姿を認めたからだ。

「君は、確かエリオット君だったね」

階段を降りてきた公爵が、マークに朗《ほが》らかな口調で語りかける。重要人物を前にして、マークは背筋を伸ばし、最上級の騎士の礼を取った。

「はい。お嬢……いや、奥様がお世話になっております」

そんなマークを見つめる公爵は満面の笑みを浮かべているのに、その目つきが恐ろしいのは何故だろう。

マークがぶるっと身震いする。

「エリオット君、何か問題でも？」

にっこりと笑う公爵の笑顔がなんだか怖い。

「いっ、いいえっ。全く、問題はないです！」

マークも普段と違い、おどおどと挙動不審だ。

(なんだ。変な奴だな)

ジュリアは怪訝《けげん》な視線をマークに向けた。

「で、野良猫と言うのは？」

話をもとに戻そうとするジュリアの問いに、マークが激しく首を振った。

「いや、言葉のあやってやつだ。気にしないでく……ださい。奥様」

公爵の前で、いつものような口調はダメだと思ったようだ。

「じゃあ、俺はそろそろ出発す……します」

「もう行くのか？」

「ああ、ほかの用事があるか……ので。じゃあ、また」

とにかく手紙は渡した、と言わんばかりに、そそくさと立ち去ろうとする。まるで、何か怖いものから逃げるかのようだ。

その背中を、ジュリアはきょとんと見送った。

（あいつ……一体、何が言いたかったんだろう）

立ち去るマークの後ろ姿を公爵が満足そうに見送っていることを、ジュリアは知らなかった。

◇

そのまま二人でホールにいると、執事がやってきて、夕食の支度ができたと告げた。

いつものように美しく設《しつら》えられたテーブルを眺めつつ、公爵と二人で席につく。すぐにマーカスが、銀の盆に食前酒を載せて運んで来た。

それを受け取りながら、ジョルジュが言う。

「今日は、やっと仕事が一段落ついてね。結構悩ましい案件だったから、肩の荷がおりたよ」

彼を悩ませる問題なら、ずい分と大変なものだったのだろう。

「もう大丈夫なのですか？」

「ああ、すっかり片がついた」

そう言って笑う彼の笑顔は明るい。

今日の彼は、いつになく肩の力が抜けているように見えた。

「夕食の後、気分転換に音楽でも楽しもうか」

「……音楽ですか？」

「そう。こう見えて、私は音楽をこよなく愛していてね」

そう言うと彼は、茶目っ気たっぷりにジュリアにウィンクをよこした。

その提案は、とても素敵なもののように思えた。ジュリアも今日一日、部屋でひたすら講義を受けていたので、少し気晴らしをしたいと思っていたのだ。

食事を終え、長い廊下を公爵と進む。彼が歩く度に、コツコツと足音が響いた。それを追いかけるように、ジュリアの軽快な靴音が続く。

二人は、屋敷のなかの角をいくつも曲がった後、目的の場所に到着した。

「貴女に音楽室を見せるのは初めてでしたね」

「わあ……」

そこに並んだ楽器は、ジュリアには初めて見るものばかりだ。

昔から音楽を聴くのは好きだった。といっても、街角で吟遊詩人が奏《かな》でる音楽を聴いたり、貴族のお屋敷から流れる音楽を耳にする程度だ。庶民には、音楽はとてつもなく高価な趣味だった。

部屋の中央には、大きなチェンバロが一台、存在を主張するかのように佇《たたず》んでいる。

「チェンバロですね」

ジュリアが鍵盤を面白そうに叩けば、綺麗な音が部屋に響く。

しかし、悔しいことにジュリアは楽器を弾けない。

ジョルジュがチェンバロの前に座り、鍵盤を押して幾つか音を試してから口元に笑みを浮かべた。

「音階は申し分ない」

「何か弾いてみてくださいますか？」

ジュリアが甘えるようにお願いすると、ジョルジュは嬉しそうな視線をジュリアに向けた。

「初めて私にお願いしてくれましたね？　貴女はいつも他人行儀過ぎる」

彼は上目遣いに、少し責めるようにジュリアを見つめた。

「ほんの一曲で構わないですから。是非」

「一曲とは言わず、貴女の好きなだけ何曲でも」

彼は機嫌良くそう言って、音楽を奏《かな》で始めた。彼の形のよい指が、鍵盤の上をなめらかに流れていく。

公爵は素晴らしい弾き手であった。

緩急《かんきゅう》をつけて、時に強く、時に優しく。彼が奏《かな》でる曲は悲しげで切ない。それがジュリアの胸を打つ。

彼が楽譜に集中しているのをいいことに、ジュリアは彼の横顔を好きなだけ見つめながら、音楽に聴き惚《ほ》れていた。

演奏が終わる。

鍵盤の上に片手をおいたままジュリアを見上げる彼に、素直な感想を告げる。

「どうだった？」

「とても素敵でした」

彼は微笑みながら、ジュリアに幾つかの楽譜を手渡した。

「弾いてみる？　私が教えてあげよう」

「あの……いいのですか？」

「もちろん。そのために貴女を連れてきたのだから」

「この楽譜はすべてお弾きになられるのですか？」

「ええ、上手、下手はあるけれど、まあ一応は弾けますよ」

「多才なのですね」

「お褒めにあずかり光栄です、マダム」

彼は胸に手をあて、優雅な仕草でお辞儀をする。

それでは……と、手渡された楽譜のなかから、ジュリアは一枚を選んだ。

「スカルラッティか……」

彼が面白そうに呟く。

「他のっ！　他の曲でもいいですっ」

彼の口調から、なにかまずいものを選んでしまったのかと慌てるジュリアに、彼は愉快そうな視線を向けた。

「いい趣味だな、と思っただけですよ」

「そう……ですか？」

「貴女ならすぐにマスターできるだろう」

「絶対に無理だと思います」

楽譜の読み方さえおぼつかないのに、そんなに簡単に弾けるとはどうしても思えない。

ジュリアが少しむくれると、ジョルジュは面白そうに笑った。

「貴女ならすぐに慣れるよ。じゃあ、鍵盤に指をおいて……」

ジュリアが言われるがままに鍵盤に指をおくと、背後に立ったジョルジュが形のよい指をそっと重ねてきた。彼の体温を自分の手に感じる。

「こんな風に角度をつけて……」

ジュリアの体が思わずびくりと跳ねる。

たとえば今、チェンバロを教えてくれているのがマークなら、こんな風に触れただけでびっくりしたりしない。自分がどれだけ公爵を好きなのか自覚した後だからこそ、余計に意識してしまうのだ。

「どうしたの？」

「いえ……なんでもないです」

今日の自分は、何かおかしい。

「さあ、こういう風に弾いてみて？」

彼に教えてもらった通りに、ジュリアは指を動かす。

「そう。なかなか筋がいい」

彼との距離がとても近く、ジュリアは平常心を保つだけで精一杯だ。

「じゃあ今度は、楽譜の読み方を教えてあげよう」

彼は、ジュリアの隣に座り直して、適当な楽譜を探しはじめた。二人の間に、ほんの少しの沈黙が流れる。ジュリアに背を向けながら、ジョルジュがぽつりと言った。

「今日、貴女を訪れた使者ですが……」

「ああ、マーク・エリオットですか」

「彼とは、ずい分親しい仲のようですね？」

「そうですね。もう長いつきあいですから」

公爵の表情はジュリアには見えなかったが、なんとなく、いつもの彼とは違う感じがする。

……もしかして、あのマークに、ジョルジュは妬《や》いているのだろうか？

ふふ、とジュリアが軽く笑うと、振り向いたジョルジュが楽譜を手に拗《す》ねたような表情を浮かべた。

「どうして笑っているの？」

……やっぱり彼はマークに焼きもちを妬《や》いている。

もしそうだったら、それが意味することは……胸がドキドキと音を立てる。

「だって……マークのことを気にするだなんて」

彼はジュリアをまっすぐに見据えた。

「ここに来てからずい分日が経つのに、貴女はいつも控えめで、全然打ち解けてくれませんね」

彼が業を煮やしたように言う。けれどもその口調はとても甘い。

「今日は貴女の口を割らせようと、覚悟を決めたのです。もう私は十分に待ちました。さあ、告白してしまいなさい。私のことを一体どう思ってるの？」

脅《おど》すような言葉とは裏腹に、ジョルジュの瞳にはきらきらとした情熱が浮かんでいる。

それはいつもの彼とは全く違う顔だった。

これまでには、彼の几帳面な礼儀正しさが、二人の隔《へだ》たりを大きくしていた。けれど今の彼の表情からは、その壁が感じられない。

「今日は、貴女が正直に言うまで、ここから帰してあげないつもりです。貴女は、私のことを好き？　決して、友達として、という意味でないことは、貴女だってよくわかってるはずでしょう？」

「そんな友達だなんて……」

——私は、貴方が好き。

言葉に出せない思いは、顔に出ていたのだろう。

ジュリアの気持ちを、彼は正確に読みとったようだ。彼の顔に、満面の笑みが浮かぶ。

「そう……それは嬉しいな」

ジョルジュが優しく微笑み、そっとジュリアの頬に両手を添えた。

「あ……」

何か言わなくてはと焦るジュリアの唇に、彼が指をあてた。

何も言わなくていい、と、彼の眼差しが告げる。

彼の顔には情熱が溢《あふ》れ、熱い眼差しで自分を見つめていた。ジュリアは魅入られたように、彼から目をそらすことができずにいる。

真夜中に近い時刻――。ひっそりと静まりかえった部屋のなかで、灯《とも》されていた蝋燭《ろうそく》がじじっと音を立てた。

その炎がゆらゆらと揺れながら床に影を落とすなか、公爵がそっと、ジュリアの唇に自分のそれを重ねようとする。ジュリアも抗《あらが》えない感情に突き動かされて、瞼《まぶた》を静かに閉じた。

彼の張りのある唇が、そっと触れる。張りがあるのに柔らかくて――

口付けというのは、こんなに甘いものだったのか。

彼の唇が、頬、額《ひたい》、耳と、あちこちに落とされるのを感じた。

ああ……と、ジュリアがため息をつくと、彼も甘い吐息でそれに応える。

いつしかジュリアは彼の腕のなかにしっかりと抱き留められ、彼の胸に甘えるように頬をすり寄せていた。

公爵がジュリアの髪をそっとなで、細い体をしっかりと抱きこむ。

「……震えているね?」

低く艶のある声が問いかける。

どう答えていいのかわからず、ジュリアは目をつぶったまま、こくりと頷いた。

「何も心配しなくていい。私に全てを任せて」

優しく低い彼の声。

その声が胸の一番深いところと共鳴して、ジュリアの心が震える。

部屋を照らしている蝋燭《ろうそく》の炎から、蝋《ろう》が一筋、じじっと音を立てしたたり落ちた。

彼の胸のなかで、ジュリアはその心地よさにうっとりと包まれる。

どれほどの時が過ぎただろう。やがて、彼がその穏やかな沈黙を破った。

「貴女が望まない結婚を強《し》いられていたのは、わかっている」

思いがけない言葉に、ジュリアは思わず身を硬くした。

「そして、それが白い結婚だということも」

その言葉を肯定するかのように、ジュリアは無言で彼の胸に深く顔を埋めた。

「……もし、貴女が望むのなら、私はこの結婚を白紙に戻すことができる」

全く想像していなかった言葉に、ジュリアは驚いて彼を見上げた。

ソフィーとロベルトに結婚を命じたのは、王太子だ。それを白紙にする？

「私なら、その結婚そのものを反古《ほご》にすることができる」

彼の言葉は力強い。

「この結婚を解消できると言うのですか？」

「もちろんだ。たとえ王太子の命令であっても、私にはそれを無効にする力がある」

「本当に？」

「公爵家の権力は、王家に匹敵するのは知ってる？」

にっこりと笑った公爵に、ジュリアはふるふると首を横に振った。貴族間のパワーバランスや駆け引きなどとは無縁の世界で生きてきたのだ。

ジュリアにとっては、天地をひっくり返すようなことなのに、彼は、何でもないことのように話す。

「……いいえ、でも、それはダメ」

「どうして？」

優しげに問う彼に、ジュリアは本当のことを言うべきか迷った。

この結婚を断れば、チェルトベリー家はつぶされてしまう。

「王太子殿下から、結婚を断るなら、子爵家を潰すと脅《おど》されているのだろう？　だから、チェルトベリー子爵はソフィーを差し出さねばならなかった」

ジュリアははっと息を呑んだ。

そう。まさしく、その通りだ。公爵は知っていたのだ。ただし、差し出された娘はソフィーではなく、ジュリアだったのだが。

「その通りです。私は、貴方をトラブルに巻き込みたくない」

「貴女を助けるために巻き込まれるなら、私は喜んでそれを甘受する」

力強く言い切る彼に、ジュリアは激しく首を振った。

「このままではダメなのですか？　ロベルト様は、妻の務めを無理強《じ》いする人ではないはずです」

ロベルトはジュリアが嫌だと言えば、閨《ねや》を無理強《じ》いすることはない。それに、彼にはエミリーという愛人もいる。

「私が嫌だと言ったら？」

公爵が、不愉快そうに眉を顰《ひそ》めた。

「貴女の傍に男がいると思うだけでも、気分が悪い。たとえ形だけだったとしても、貴女に夫という存在がいること自体が気に入らないのだ」

「彼とは白い結婚であっても？」

そんなジュリアの問いに、公爵は口の端に笑みを浮かべた。

「私が嫉妬《しっと》深い男だということは知っていた？」

「ジョルジュ……」

「私は貴女を独り占めしたくて仕方がないのですよ。おばかさん」

ジョルジュは、ジュリアに優しく言った。

「だからそんなことを言わずに、私にクレスト伯爵から貴女を解放させてほしい。貴女が望まないこの結婚を、覆《くつがえ》させてほしいのだ」

「本当にそんなことが可能なのですか？」

ふふ、と、公爵は不敵な笑いを浮かべ、自信たっぷりに頷いて見せた。

「ガルバーニ家であれば、そんなことは赤子の手をひねるより簡単だ。もっとも、多少の根回しは必要かもしれないけれどね」

彼の態度は、自信に満ち溢《あふ》れて堂々としている。

それでもなお不安を感じているジュリアに、彼は力強く頷いてみせた。

「そう……だから、心配しなくていい。私に全て任せてほしい」

「ジョルジュ……」

彼なら本当にやれるかもしれない。

もしそれが実現したら、伯爵家を去り、本来の自分の本当の姿に戻れる。もう、別人の振りをして伯爵夫人を演じることもなくなるのだ。

「さあ……どうしたい？　この結婚を白紙に戻したい？」

クレスト伯爵領に当主が戻って来た今、ジュリアがやることは何もない。

ジュリアを必要とする人は、もう誰もいないではないか。

「ええ……本当に白紙に戻せるのなら……」

「では、決まりだ。後は私に任せてほしい。ああ、当分の間は、クレスト伯爵には何も言わないでいてくれるかな？」

「わかりました」

ジョルジュは満面の笑みを浮かべた。

「これで貴女は晴れて自由だ」

彼はそう言うと、ジュリアを強く引き寄せ、自分の胸のなかに抱きしめた。

誰かに愛されるというのは、なんて幸せなことなのだろう。

今まで名ばかりの妻として過ごしたことがどれほど味気ないものだったかを、ジュリアははっきりと悟った。

クレスト伯爵邸で、形だけの夫には望まれも愛されもしなかった。それどころかその人は、妻ではなく、自分が寵愛する人とともに暮らしている。

そんな自分は、どれほど哀れな存在だったのか。

ジュリア自身に向けられた愛を知った今、そんな場所にもう戻らなくていいのは何と幸せなことなのだろう。

やっと、クレスト家から解放される。ジュリアはほっとして、そのまま彼の腕のなかで、安心して目を閉じた。

今はこの幸せに浸っていたい。他のことなど、何も考えたくない――そう、思いながら。

第九章

音楽室で初めて口付けを交わした翌日、公爵は所用でどこかへ出かけるという。

旅立ちの支度をした彼を見送るために、ジュリアは玄関ホールにいた。馬車が到着するのを待つ間、二人はお互いに、離れがたい思いを抱えていた。

「数日留守にするけど、一人で平気？」

公爵が優しくジュリアに聞く。彼が不在になるのは寂しかったが、仕事なのだから仕方がない。

「ええ……その……」

早く戻ってきてほしいな、と思いながら、ジュリアは頬を染めて視線を落とした。

「その……？」

言葉の先を促《うなが》すように彼が聞く。

「その……できるだけ、早く帰って来て……」

声が尻すぼみに小さくなる。昨日のことを思い出すと、恥ずかしくて仕方がない。

彼を見上げると、それはそれはいい笑顔でジュリアを見つめていた。彼はとても嬉しそうで、幸せそうで。そんな顔を見ると、ジュリアは胸がいっぱいになって、何も言えなくなってしまう。

「……私の帰りを待ち遠しく思ってくれるのですか？」

お願いだから、そんなに嬉しそうな顔をしないでほしい。

「……私がいなくて寂しい？」

恥ずかしいけれど、それは本当のことだったので、ジュリアは控えめに頷く。

「そう……」

公爵がにっこりと目を細めて笑う。やっぱり、この人の笑顔は素敵だ。

「帰ってくるのを楽しみにしていて……君にきっと素敵な知らせを持ち帰れると思う」

そう言って、公爵はジュリアの頬にそっとキスをした。それからジュリアの両手を取り、真っ赤になって自分を見つめるジュリアに言う。

「できるだけ早く帰ってくると約束しますよ。私の愛しい人」

愛しい人！　そんな甘い言い方があったなんて。心臓をバクバクさせているジュリアをそっと抱きしめて、公爵が耳元で囁《ささや》いた。

「もうすぐ、庭の花が満開になる。帰って来たら、貴女にそれを見せてあげよう」

◇

ちょうどそのころ、出かける主《あるじ》を見送ろうと執事のマーカスは、玄関ホールへ出向いていた。自分の主《あるじ》が夫人を抱きしめているのを見て、咄嗟《とっさ》に階段の陰に身を隠す。

執事は、自分の主《あるじ》がかつてないほど、この女性に執着しているのを知っていた。

若様の邪魔をしたら、後でどんなお仕置きをされることやら！

マーカスは、その場で息を潜《ひそ》め、必死に気配を消そうと努めた。

物音一つ立ててはならない。

そんなことをしたら、夫人はきっと驚いて、若様から離れるだろうから。

(ああ……どうしたらよろしいか)

長年、執事を務めてきたが、こんな状況は初めてだ。

出て行くことも引き返すこともできず、どうしたらいいか途方に暮れた。

主《あるじ》は、自分がここにいるのを知っているくせに何食わぬ顔をして、夫人を胸に抱き留めている。

相変わらず熱い様子で、別れの挨拶《あいさつ》を楽しまれているご様子。

「お庭はもっと綺麗になるのですか？」

そのとき、夫人が無邪気に尋ねる声が耳に入った。

(若様が戻られるころには庭の花は完璧になっているはずですよ)

執事は心のなかで、夫人の問いに即答した。

魅力的な公爵家当主である我が主《あるじ》は、今まで散々、大貴族の令嬢やその親たちから熱い秋波を送られてきたというのに、全く興味を示したことがなかった。それがついに、お眼鏡にかなう女性が現れたのだ！

この千載一遇《せんざいいちぐう》のチャンスを逃してなるものか。

現在のところ、夫人はクレスト伯爵家に嫁《とつ》がれておられる。しかし、主《あるじ》の言動から、マーカスはその結婚に何かの事情があると察していた。利発な主《あるじ》のことだ。二人の間に立ちはだかる障害をさっさと取り除いて、思いを遂げられるだろう。そう確信している。

見たところ、伯爵夫人は実に健康そうで、体力もありそうだ。

これなら、何人お世継ぎをお産みになっても、びくともされないだろう。

若様が夫人を溺愛する様子を見るにつけ、お世継ぎに困ることは絶対にあるまい、とそれも確信する。

階段の陰に隠れながら、執事は公爵家の輝かしい未来に思いをはせた。

第十章

王都の中心にそびえ立つ、白岩石《はくがんせき》で造られた大聖堂。厳重な警備が幾重《いくえ》にも張られ、ネズミ一匹入り込めない最奥に、大司教の執務室はあった。

大司教の仕事は、神に祈りを捧げるだけではない。国中に広がる教会の管理、教会の権力にかかわる紛争の調停なども、仕事の範囲内だ。

大司教は神の代理人であり、執行人でもある唯一無二の絶対的存在。

その権力は絶大であり、時に、女王より強い発言力を発揮する。

その日、うずたかく積み上げられた書類を前に、大司教が一人で執務に励《はげ》んでいると、従者がやってきて来客を告げた。

「はて、今日はどなたかとお会いする約束があったかな？」

不思議に思いながら、大司教は温和な視線を従者に向ける。

「いいえ。本日は、どなたとも面会する予定はございません」

「……私と予定なく会えるものといえば、王族くらいだが？」

怪訝《けげん》な色を顔に浮かべて言えば、返ってきたのは予想だにしない人物の名だった。

「ガルバーニ公爵様が大司教様にお会いしたいといらしておりまして……」

「なんと、あのガルバーニか！」

大司教は瞠目《どうもく》し、従者を見上げた。

これは大事になったと青ざめながら、大司教は従者を叱る。

「何をぼさぼさとしておる。三百五十年ぶりの客人ぞ。早くお通しせんか！」

慌てて出て行く従者の後ろ姿を眺めながら、大司教は大きくため息をついた。

「なんと物騒なことじゃ」

あのガルバーニの悪魔が教会の門をくぐるとは、前代未聞《ぜんだいみもん》だ。

「あの悪党……一体、何を企《たくら》んでおる」

用心してかからねば、と大司教は心して公爵を待った。

◇

「……それで、公爵様は、望まない結婚を強《し》いられた夫人を救いたいと」

大司教はまじまじと、公爵を見つめる。そんな大司教に、公爵は穏やかな声で続けた。

「誠にその通りでございます。この結婚を無効にするために、大司教様にお口添えいただければ、と思いまして」

「まさか、たった一人の不遇な婦人を救うために、いらっしゃったのですか？ ……失礼ながら、以前ガルバーニ公がこちらを訪れたのは——三百五十年前だったかと」

そう。教会の大司教とカルバーニ家当主が前に対面したのは、三百五十年前のことだ。そのときは、ガルバーニ家が王政を憂《うれ》い、一時実権を握ったタイミングだった。それ以来の訪問となれば、何かとんでもないことが起こったのだろうと大司教が考えるのも無理はない。

それが、一人の婦人の結婚問題？

陰の王家が動くようなことだろうか？

隠された真意を探るように、大司教は目の前の男を見つめる。

「……その内容でしたら、何もこちらにわざわざお越しいただくこともありますまい。結婚式を挙げた地方管轄の教会に、離縁の申請をすればよろしかろう」

「その教会がそれを受け付けなかったとしても？」

ガルバーニ公爵は、大司教にちらりと視線を向ける。

今までの歴史のなかで、闇のガルバーニに逆らって無事だったものは皆無だ。その歴史的事実を思いながら、大司教はこの要求にどう答えるべきか、決めあぐねていた。

「……ふむ、そうであれば、私から一筆、その教会に離縁を認めるよう手紙を書きましょうか。それで済むかと」

「ええ、全く、その通りかと思います。大司教様のお言葉があれば、スムーズにいくと思いますね」

ガルバーニ卿はそこまで言って、一度口をつぐんだ。大司教は今の回答が何か間違っただろうかと冷や汗を掻きながら、そっと公爵の顔色を窺う。

目の前の端整な顔立ちの男は、一体、何を欲しているのだろうか？　できることなら、この男が欲しているものを渡し、さっさとお引き取り願いたい。

執務室にある古い時計の秒針が、かちかちと鳴る。その音だけが、しばらく室内に響いた。

「――当公爵家が、熱心な信者であるということはご存じでしょうか？」

沈黙を破り、公爵が口を開いた。

「公爵家が、ですか？」

「ええ、もちろんですとも。我が公爵家では常々、神の威光と栄光を讃《たた》えております」

「それは初耳ですな」

王家をも恐れぬ闇のガルバーニが、忠実な神の僕《しもべ》であるはずがない――

大司教の顔に、その思いがありありと浮かぶ。

公爵は、大司教に穏やかな視線を向けた。

「もちろん、必要なときに限ってですが……。ところで、教会の発展のために少しばかり寄付をさせていただきたいと思っております。繁栄を祈願して、ということになりますが」

「それはありがたいことだが、いかほどの対価を我らは支払わねばならぬのかな？」

大司教は、用心深い男だった。目の前にぶら下がる人参《にんじん》に飛びつくほど、愚《おろ》かではないのだ。

「そうですね……お口添えいただいた場合、少々の問題が生じるかもしれませんが」

公爵が口元に軽い笑みを浮かべて言う。

「それが一体どのようなことなのか伺っても？」

大司教は問う。

「ええ。その結婚はエリゼル殿下の命で行《おこな》われている、ということでしょうか」

「なんと！　王命を覆《くつがえ》されるというか！」

「正確には、王命ではございません」

驚きの声をあげた大司教を、公爵は静かに訂正した。

「……ああ、国王が死去された後、我が国は女王陛下を戴《いただ》いていますからな」

「さよう。それゆえ現状、王命といえば、女王陛下の命でなければなりません」

「確かに……王太子殿下はまだ即位されていらっしゃるわけではない。王命と言うのには問題がありましたな」

「さよう。ですが地方の教会は、まだその辺りを理解してないようで」

「ふむ……しかし王太子殿下の命であることは変わりませぬ。その結婚を無効と見なすには、教会の意見だけでは不十分な気がしますな」

「もちろんですとも」

公爵が静かに同意した。

王命とは言わないといっても、王太子の命である。それを覆《くつがえ》すには、教会だけでは足りない。少なくとも他の権力も必要だ。

「他に何かございますのでは？」

大司教は腹のなかでめまぐるしく損得を計算していた。

ガルバーニ公爵家か、王太子か。どちらにつくほうが得なのだろう。

「先日、元老様と協議いたしましてね」

ジョルジュの言葉に、大司教は度肝を抜かれた。

「元老！　あのマルクス元老ですか？」

元老とは、女王の相談役だ。時に、女王ではなく元老の判断が優先されることもある。そして、今名前のあがったマルクス元老は、気むずかしいと有名な人物だ。

大司教は半ば呆れて、額《ひたい》に手をあてた。

「それで……元老様はなんと？」

「女王の許可なく、王太子殿下が貴族を私物のように扱うのはいかがなものかと」

「——なるほど。つまり今回の婚姻は、王太子殿下が勝手に命じたものであり、女王は許可していないということですな」

「さようでございます」

「つまり元老様の許可もなかった、と。それは彼も面白くないでしょうな」

「全くです」

公爵は短く同意し、さらに言葉を紡《つむ》ぐ。

「それで、元老様が、女王にこの結婚を取り消すように、口添えしてくださることになりまして」

なるほどと、大司教は頷く。

闇のガルバーニが何を画策しているのか、その真の目的はわからない。けれどももしかしたら、権力バランスを是正しようとしているのかもしれない。

元老がガルバーニ側についたのであれば、こちらも同様に公爵側にいたほうが利は多いだろう。

そういえば、最近の王太子の振る舞いが自己中心的であると、有力貴族たちからちらほら批判が出ていたことを思い出す。

傍若無人《ぼうじゃくぶじん》な振る舞いは、放置すれば、教会の既得権益の問題へ波及することもありうる。

しかも大司教は、最近、王太子が、教会への献上金について、秘密裏に議会で諮問していることを知っていた。

小さな火種はあらかじめ潰しておくに限る。

「女王も、この結婚については、難色を示しておられまして」

大司教の心の内を読んでいるかのように、公爵が重ねた。

「ほう。それはどうして？」

「クレスト伯爵家は、代々王家に仕える忠実な家系。そこに、爵位の低い子爵家との縁組みはあまりにも酷《ひど》い扱い。本来であれば、クレスト伯爵のお相手は同等の家柄の方でなければなりません」

「そうですな。その話はちらほらと耳に入っておりますが」

「それと同時に、愛人がいるところに、殿下によって無理やり嫁《とつ》がされた子爵令嬢にも同情の声があがっております。クレスト伯爵が愛人を寵《ちょう》しているのは、有名な話ですからね。その一方で、クレスト伯爵も望まない婚姻を強《し》いられたのだと、気の毒に思う貴族たちも大勢おります。さらには、そんな婚姻をいつか自分たちも殿下から命じられるのではないかと、不安の声もあがっております」

「さようですな。王太子とはいえ、忠実な有力貴族を手駒のように扱うのはいかがなものかと。貴族の間にも不満が生じましょう」

「ええ、仰《おっしゃ》る通りです」

「なるほど……殿下に、元老と教会の威光をご理解いただくよい機会ということでしょうか」

「それはご想像にお任せします。私は、元老様のご意見をお伝えに参った次第でございます」

ほどなくして、大司教は腹を決め頷く。

「よろしい。クレスト伯爵領の教会には、中央教会より、クレスト伯爵家とチェルトベリー子爵家の結婚を無効にするように伝えましょう」

公爵は口の端を軽く上げた。

「きっとご理解してくださると思っておりました」

「なんの。今回は、公爵家に協力することができて誠に光栄です」

話は終わったと、二人は同時に椅子から立ち上がった。そのまま、公爵は礼を述べて、大司教の執務室を後にする。

陰の王家と対峙《たいじ》した緊張感から解放された大司教は、ほっとして腰を下ろし、椅子の背に体を預けた。

元老と女王を押さえてしまえば、王太子など吹けば飛ぶほどの存在。

ガルバーニにとっては、クレスト伯爵の結婚を覆《くつがえ》すことなど、赤子の手をひねるより簡単なことだろう。

この国で本当の権力を握っているのは、一体誰なのか。

ぼんやりと椅子に腰掛けながら、大司教はその答えを知りたくないと思った。

◇

そのころ、クレスト伯爵邸の離れでは、エミリーがすっかりふさぎ込んでいた。

ロベルトが結婚したこと、その相手であるソフィーのことを考えると、どうしても気持ちが沈んでしまう。

以前は、この離れでロベルトと一緒に食事を取っていた。それなのに、最近の彼は食事はほとんど本邸で済ませてくる。領地の管理が忙しいのだと彼は言うが、エミリーは、どうも避けられているような気がしてならない。

イライラと乱暴な手つきでお茶を注ぐと、熱いお茶がカップから溢《あふ》れ出た。それがさらに、エミリーを苛つかせる。

最近はあまりソフィーの姿を見かけないが、その理由は聞いていない。ロベルトが教えてくれないのだ。蚊帳《かや》の外におかれている気がして、それもまたエミリーの勘にさわる。

今のところ、ロベルトがソフィーを抱いているような様子はない。しかし、いつもソフィーを気にかけているのは明らかだ。彼がソフィーに惹《ひ》かれているのは、もう無視できない事実になっていた。

（どうして？　どうして私じゃダメなの？　どうして、奥様がそんなにいいの？）

そして最近の彼は、日が暮れても帰ってこなくなった。

彼が戻ってくるのは、ほぼ深夜と呼べる時間帯だ。

彼は、ベッドに入ってくるなり、エミリーに背を向けてさっさと眠ってしまう。

毎朝、彼と顔を合わせる度に、重苦しい雰囲気になる。会話もほとんどなくなった。

エミリーは唇をぎゅっと噛み、机の上で頭を抱えて煩悶《はんもん》した。

ロベルトと別れるのは絶対に嫌だ。何か策を考えなければ。

そうして思い悩むエミリーの頭に、一つの考えが浮かんだ。

――そうだ。奥様がいなくなってしまえばいい。

エミリーは、以前クレスト伯爵邸を襲撃してきた敵兵のことを思い出した。自分を襲った相手。

それは、エミリーが以前からとりとめもない話を手紙に書いて送っている相手なのではないだろうか。

かねてより手紙の相手が気になっていた彼女は、先日ついに、好奇心に駆られて飛ばした鳩《はと》を追いかけた。

体調がいいときをみはからって、鳩《はと》を飛ばす。そしてその都度、鳩《はと》を追いかけ続けた。幾度もの失敗を経て、ついにエミリーは、森を抜け、小川の上を渡り、川の下流沿いにある風車小屋に降り立つ鳩《はと》の姿を発見した。

エミリーが木の陰に身を潜《ひそ》めて観察していると、その小屋から、異国風の衣装を着た男が出てきて鳩《はと》を回収するのが確認できた。

あの男は、以前ここに来た敵の国のものに違いない……

エミリーは、そそくさと引き出しから紙を取り出して、手紙を書き始めた。

——貴方が誰なのかは知りません。けれど何処《どこ》にいるのかは知っています。鳩《はと》は簡単に到着地を変えることはできないことを私は知っています。今まで貴方に便宜を図っていたのだから、私のお願いを一つ叶えてくださいませんか？

エミリーは少し躊躇《ちゅうちょ》した後、一気に書き下ろした。

——クレスト様の奥様を亡き者にしてください。それが無理なら、私に致死性の毒物を少量送ってくださいな。そうすれば、貴方のことも、貴方がどこで鳩《はと》を回収しているかも、誰にも言わずにこのまま連絡を続けます。

——貴方が伯爵領に先日、兵士を差し向けた方なら、私の願いを聞かなければどうなるか、おわかりになりますよね？

短い手紙を書き終わると、エミリーはそれを、鳩《はと》の足にくくりつけた。

「さあ、お行き」

エミリーが空に放つと、鳩《はと》は勢いよく飛び立った。

これで邪魔者は消える——。そう思いながら、エミリーは空の彼方《かなた》へと消えていく鳩《はと》の姿を見送った。そのエミリーの口元には、邪悪な微笑みが浮かんでいた。

◇

クレスト伯爵邸では、ジュリアが公爵邸に旅立った後も、マークとロベルトが引き続き領地内の防衛方法について議論を続けていた。

マークの有能さにロベルトがほれ込み、しばらくの間マークを貸してもらうことにしたのだ。

チェルトベリー子爵は少し嫌な顔をしたが、結局ロベルトの頼みを渋々と引き受けてくれた。

今回の戦いでは、なんとか難を逃れることができたが、再び敵が襲撃してくる可能性は否定できない。できる限りの防衛策は立てておかなくては。

ロベルトの机の上には、資料がうずたかく積まれている。その後ろにマークが、お行儀がいいとはいえない格好で腰掛けていた。

そんなマークを横目に、ロベルトは後ろ手を組んで窓の傍に立ち、外を眺める。

「どうして我々の作戦や罠《わな》を敵が知っていたのかが、不思議なんだ」

マークがロベルトに言う。前々から考えていたことだった。

「それは……密偵がこの屋敷にいる、ということか？　この屋敷の使用人たちは、ずっと伯爵家に仕えてきた者ばかりだ。彼らにそんな繋がりがあるとは思えないんだが」

「ああ、そうだな。だが、情報がもれているのは確かだ。ただ、これはプロの密偵の仕事ではないと思う。一部の罠《わな》はきちんと機能していたからな。情報の集め方にムラがありすぎるんだ」

「となると、素人《しろうと》から集めた情報をもとに、連中は作戦を立てたわけか」

「おそらくは」

「通信手段は、鳩《はと》か……」

「ああ、茶色の羽に黒い縞《しま》のある鳩《はと》だ。執事のトーマスが見たと証言している」

マークが言えば、ロベルトが難しい顔をした。

「鳩《はと》を捕まえればいろいろとわかりそうだが……。この広い敷地で鳩《はと》一羽を捕まえるのはかなり難しいな」

渋り顔のロベルトとは対照的に、マークの表情は明るい。

「できるさ。鳩《はと》の通り道に見張りを立てればいい」

「そんなことが可能なのか？」

「ああ、子爵領は自然が多いから、俺たちはそういうのは得意なんだ」

マークが任せてくれと言わんばかりだったので、ロベルトは午後から、二人で森を巡ることに決めた。

執事のトーマスが鳩《はと》を見たという地点を中心に、鳩《はと》を探すことにする。

「鳩《はと》や鳥というのは、だいたい同じところを飛ぶ習性があるんだ」

獣道があるのと同じように、空にも鳥の通り道というのが存在するとマークは言う。

二人で森のなかを巡りながら、マークが空を指で示す。マークが言う通り、そこには、確かに鳩《はと》が群れを成して飛んでいた。

そうして、何ヶ所か見張りのポイントを見つけたときだった。

「クレスト様！　あれ、あそこを見てくれ！」

マークが驚いたように声をあげる。彼が示した先には、特徴のある鳩《はと》の姿があった。

「あれは……茶色に黒縞の鳩《はと》」

ロベルトが驚いたように呟く。

「足に文《ふみ》がついている」

「きっと、あの鳩《はと》が通信用に使われているのに違いない」

二人は目を見合わせて力強く頷いた。

マークが背中に背負っていた矢をつがえる。狙いを定め矢を放つと、見事に命中した。

鳩《はと》が落ちたところへ、足早に向かう。

たどりついた先には、足に文《ふみ》をくくりつけた鳩《はと》が落ちていた。ロベルトが満足げに頷く。

「上出来だ」

マークが鳩《はと》の足から手際よく文《ふみ》を外して、ロベルトに渡す。

「これで、密偵が誰かわかるかもしれない」

ロベルトは、受け取った手紙を手早く広げた。

その手紙に目を落とした瞬間、ロベルトは頭を殴られたような衝撃を覚えた。そこには、ロベルトがよく見知った文字があったからだ。

横にちょっとはねる筆跡も、ちょっと曲がったような字も……

まさか――

嫌な予感がして、ロベルトは素早く手紙に目を通す。その内容に、ロベルトはさらに驚愕した。

呆然としているロベルトの横あいから、マークは手紙を覗き込む。

「なんでそんな顔をして……」

手紙に目を通したマークの顔にも、狼狽《ろうばい》の色が浮かぶ。

そこに書かれた文章から導き出される結論は一つ。

エミリー・クロムウェルは敵と通じていて、こちらの情報を流していた――

さらには今回、エミリーは敵に伯爵夫人の殺害を依頼している。

そのとき、ロベルトが取り乱したように叫んだ。

「違う！　きっとこれは何かの間違いに決まっている。エミリーがそんなことをするわけがないんだ」

「だが、事実だ。違うか？」

マークが冷静に言う。ロベルトはそれを否定するかのように首を横に振るが、その顔からは、すっかり血の気が失《う》せていた。

「いや……俺は……こんなこと信じないぞ」

「現実を見ろ。これがあの女の正体だ」

マークの顔に厳しい表情が浮かんだ。

「そんなことがあるわけないない。あるはずがないんだ」

ロベルトは、まるで自分に言い聞かせるかのように呟き続ける。

今まで、どれほど自分は彼女のことを愛し続けてきただろうか。

教養もなく、身分の低い娘を愛してしまったがゆえに、ロベルトが払い続けてきた代償はとてつもなく大きい。

エミリーのために、宮廷での栄達に背を向けたし、家族や友人の非難の目にも耐えた。それはすべて、彼女のためだったというのに。

――その彼女は、敵と通じ、伯爵領を危機にさらしていた。

「おい、大丈夫か!?」

「……ああ。大丈夫だ」

心配そうに声をかけるマークに、ロベルトは絞り出すように答える。

きっと今の自分は酷《ひど》い顔をしているだろう。ロベルトは貴族としてのプライドをかき集め、取り乱していることを悟られまいとした。

「一旦屋敷へ戻ろう。酷《ひど》い顔をしているぞ」

「いや、俺は大丈夫だ」

虚勢を張るロベルトを、マークは無理やり伯爵邸へ連れて帰った。屋敷に到着するや否《いな》や、マークは大きな声で執事を呼んだ。

「お呼びでございましょうか？」

蒼い顔をしている主人を見て、トーマスは少し驚いた様子だった。しかし何も言わず、静かに言葉を待つ。

「トーマス、すまないが、旦那様に強い酒をもってきてくれ」

「かしこまりました」

執事はちらちらとロベルトに目をやり、奥へと姿を消した。それを見届けてから、マークは彼を引きずるように執務室に連れていく。

ロベルトをそっと椅子に腰掛けさせるが、まだショックから立ち直れないようだ。血の気が失《う》せた顔をして、あえぐように肩で大きく息をしている。

ほどなくして、銀の盆の上に強い酒の入ったショットグラスを載せたトーマスが、執務室へとやってきた。マークはそれを受け取り、ロベルトに手渡す。

「さあ、飲め」

「いや……俺はいい……」

「いいから飲め！　少しは落ち着くだろう」

マークが乱暴な仕草で、ロベルトの口に無理やり酒を流し込んだ。

その粗暴な態度とは裏腹に、ロベルトの顔を覗き込むマークは心配そうな表情をしていた。

◇

伯爵邸の離れにあるエミリーの家の扉がカタリと音をたてて開いた。一瞬来客かと思ったが、まだ日は高く、ロベルトが帰宅する時間ではない。

誰だろうとエミリーが玄関に向かえば、そこにはロベルトが立っていた。

「ロベルト様、お帰りなさい。今日は早くお戻りになられ……」

エミリーは嬉しくなって、彼に駆け寄る。しかしそこで、彼の様子がおかしいことに気づいた。顔は蒼白で、肩で荒く息をしている。熱でもあるのだろうか。彼の額《ひたい》に手をあてようとすると、ロベルトが嫌そうにその手を払いのけた。

「ロベルト様？」

「君に話がある」

その声の硬さに、エミリーは嫌な予感を覚えた。

「きゃっ、ロベルト様、な、何を………」

ロベルトがエミリーの腕を手荒くつかみ、居間のほうへずるずると引っ張る。こんな手荒なことを彼にされたことは、今まで一度もない。

エミリーは肩を押され、無理やりソファーに座らされた。横座りになって見上げると、彼の瞳のなかに、ふつふつとした怒りが滾《たぎ》っているのがわかった。

「エミリー、君は自分が何をしたのかわかっているのか？」

「な、何って……」

何故こんなことをされているのか、全くわけがわからない。エミリーはおどおどと、彼を見続けた。

「エミリー、お願いだ。正直に言ってくれ。君がソフィーに何をしようとしたのかを」

「ソフィー……奥様のこと？　私は別に何も！」

「しらばっくれるな」

ロベルトがエミリーを怒鳴りつけた。こんなに声を荒らげて怒る彼を見たのは初めてだ。

エミリーが涙目になりながら無言で彼を見つめると、ロベルトはウンザリした様子で大きなため息をついた。その仕草が、エミリーの心を抉《えぐ》る。

「もう、何を隠そうとしても無駄だ。君がこんな女だったとは、呆れを超えて恐れ入ったよ」

「酷い、そんな言い方するなんて……」

エミリーは声を震わせて泣き出した。

「これは君が書いたんだろう」

ロベルトが冷たい口調で言って取り出した紙に、エミリーは見覚えがあった。そう、それは間違いなく、自分が鳩の足にくくりつけて飛ばしたあの手紙だ。

「君が書いたんだな？」

再度、確認するかのように言った彼の顔は、今は怒りで赤く染まっている。

その鋭い視線に、エミリーは怯《おび》えた。

「言ってくれ。エミリー、本当のことを。これを、君が書いたんだろ？」

「だって、あの人がロベルト様を取ろうとするから！」

「あの人とは、ソフィーのことか？」

「そうよ。女王様然として、この領地をうろうろと歩き回ってるあの人のことよ！」

「彼女は、そんな人じゃない」

また始まった。彼女のことで、またいつもの喧嘩だ。

「もう、やめて！　奥様の話はウンザリよ」

「それで……彼女を消そうとしたのか。敵と内通し、俺たちを欺《あざむ》いて……。エミリー、君がしたことは処刑されるほどの重罪なんだとわかっているのか？」

「私は頼まれて手紙を書いただけよ？　それの何がいけないの？」

「敵に内通者として情報を流していたんだぞ。その意味がわからないのか？　……出ていけ」

「今、何て言ったの？」

ロベルトの言葉が信じられなくて、エミリーは再び彼の顔色を窺った。

「聞こえないのか。君は我が領の敵だ。――今すぐにここから出て行け！」

「ロベルト様、酷い！」

「君のせいで、俺の部下が何人命を落としたと思っているんだ！」

「いやっ、ロベルト様、お願い、棄《す》てないで。貴方の言うことは何だってする。どんなことだってする。だから、お願い、棄《す》てないで……」

エミリーは、ぽろぽろと涙を零し、ロベルトに懇願《こんがん》した。見栄もプライドも何もなかった。

「それだけじゃない。子爵領の騎士だって、命を落としたものがいるんだ」

「だって……こんなことになるなんて……」

「罠《わな》の位置を敵に教えたのも君だろう」

「お願い、ロベルト様、もう一度、チャンスをちょうだい。ね、お願いだから……」

縋《すが》り付くようにして言うエミリーに、ロベルトは冷たく背を向けた。そして背中越しに、吐き捨てるように言う。

「もう無理だ。ここにいれば、じきに内通者として逮捕される。そうなる前に、俺の目の前から姿を消してくれ。君の顔はもう二度と見たくない」

それは、ロベルトがエミリーにできる精一杯のことだった。本来であれば、彼がエミリーを捕らえなければならないのだ。

「いや、ここを出て行くなんて嫌よ！　私は貴方と一緒にいるの」

「エミリー、まだわからないのか。もう君と一緒にやっていくのは無理なんだ」

エミリーは、わっと泣きながら、寝室へ駆け込んだ。ベッドの上に倒れ込み、大きな声で泣く。

ロベルトも寝室へやって来て、入り口からエミリーを眺めているのがわかった。

すべては、あの女が悪いのだ。彼女がここに来るまでは自分たちは上手くいっていた。穏やかな生活が続くと思っていたのに、すべてはあの女の……ソフィーのせいだ。

激しい嗚咽《おえつ》を抑えることなく泣きながら、エミリーは、ただただソフィーを憎らしいと思った。

彼女さえ殺せば、すべて上手くいったはずなのに。

彼女の……彼女のせいで……

そのとき、どんどんと激しくドアを叩く音が聞こえた。ロベルトが鋭い声で、ドアの向こうに声をかける。

「一体何の用だ」

「王立警備隊のものです。用件はすでにご存じかと思います。この扉を開けてください。クレスト伯爵」

扉の外にいる男は、冷たい声で続けた。

「エミリー・クロムウェル、内通および諜報活動加担、ならびに殺人共謀罪でお前を拘束する」

ロベルトがドアを開けると、そこには武装した七名の警備隊がいた。それぞれの手に長剣を携《たずさ》えているところを見ると、ロベルトが抵抗すると考えているようだ。

「クレスト伯爵様、犯罪人の引き渡しを」

剣を片手に促す警備隊員を、ロベルトは無言で見つめた。

「クレスト様、すまない」

警備隊の後からひょっこりと顔をのぞかせたのは、マークだ。

「君が通報したのか……」

「ああ、奥様に害をなす人間を放置してはおけないんだ」

マークが申し訳なさそうに言う。

ロベルトにだってよくわかる。彼はチェルトベリー側の人間だ。自分が仕える主《あるじ》側の人間に害をなす者を放っておけるはずがない。

「大人しく連行されてくれれば拘束はしない」

ロベルトの後に隠れるようにして立ったエミリーに、髭《ひげ》の生えた警備隊員が穏やかに言った。罪人であっても、一応は、伯爵当主の愛人だ。それなりに丁寧に扱う必要があると判断したようだ。

「クレスト様、抵抗するだけ無駄だとお思いください」

続けて、丁寧だが、有無を言わせぬ口調で、警備隊の男はロベルトに言う。

ロベルトに、手出しする気はもうない。彼女は味方を裏切り、敵に内通していたのだ。

彼女を愛していたとはいえ、そんな者をかばえば、自分が部下の信頼を失う。

領主としては、絶対に越えられない一線だった。

「……エミリー、行くんだ」

彼女と、こんな風に別れたくはなかった。

「ロベルト様っ、いや、連れて行かないで！」

警備隊がロベルトの背後にまわり、涙目で懇願《こんがん》するエミリーを後ろ手に拘束する。

ロベルトには、ただ彼女が連行されていく様子を眺めることしかできない。

そしてロベルトは、無表情にマークを見つめた。彼の視線を感じてか、マークが後ろめたげに言う。

「クレスト様が彼女を逃がす前に、俺が通報したんだ。本当に申し訳ない」

「いや……俺が君の立場でもきっと同じことをしただろう」

ロベルトは、この地の領主であり、自分が所有する騎士団の総指揮官だ。どんなにエミリーを愛していたとしても、彼女の罪を見過ごすことはできない。

それでも、愛していた彼女を、このまま無言で去らせることは、ロベルトにはできなかった。

「君の刑が軽くなるように、執行官に働きかけるよ」

遠ざかるエミリーの背に、ロベルトが声をかけた。

きっとこれが、最後の言葉になるだろう。

離れの入り口から、エミリーが森のなかに消えるまで、ロベルトはその後ろ姿をじっと見つめていた。

第十一章

公爵が出かけたのち、ジュリアはドレスの最終段階の作業に立ち合った。

衣装を仕立てるには、生地の選定から、仮縫い、本縫い、サイズ合わせとすることが山のようにある。その度に、ジュリアは人形のように長時間動かずにいなければならないのだ。

その間、アマレットやほかのクチュリエたちは、ジュリアの引き締まった体つきや、顔の造作が凛々《りり》しくて素敵などと、散々、褒めそやしてくれるのだったが。

その日も長かった時間がやっと終わり、ほっと一息ついたところだった。ジュリアはなんとなくお茶が飲みたくなって、呼び鈴を鳴らして執事を呼んだ。

「奥様、ご用でしょうか？」

いつものように、ブラック執事が丁寧な所作でジュリアの前に現れた。

「マーカス、お茶をいただきたいのだけど」

「かしこまりました」

執事はジュリアの言いつけ通り、部屋のなかで真っ白なテーブルクロスを敷き、その上に茶器を並べてくれた。

マーカスがお茶を淹《い》れる姿を眺めながら、ジュリアは物思いに沈んでいた。

ジョルジュは、この結婚を覆《くつがえ》せると言っていた。今回急に旅立ったのは、それに関することなのかもしれない。

彼は朝早く出発したため、ゆっくりと話せなかった。

自分がソフィーではないことを、いつかは彼に告げなくてはならない。

それを考えると、ジュリアの心は重く沈む。

その事実を知ったら、彼は一体どんな顔をするだろう。

お前の顔など見たくないと激怒するだろうか。

すぐにこの屋敷から出て行けと言うだろうか。

けれども、彼に嘘をつき続けることが、ジュリアには耐えがたい苦痛となっていた。

何事にも動じないつもりだったのに、不安で胸が潰れそうだ。

「どうかなさいましたか？　マダム」

優しげに聞いてくる執事の気遣いが心に浸《し》みる。

「マーカス……なんでもないわ。ありがとう」

こんな風に、ここで執事にお茶を淹《い》れてもらうことも、もうすぐ終わる。

――たとえどんな結末を迎えようとも、ジョルジュに真実を告げなくては。

ジュリアはきっぱりと覚悟を決めた。

その日の午後遅くのことだ。

「マダム、ジョルジュ様がお戻りになられました」

ジュリアが居間で本を読んでいると、老執事がやってきてそう告げた。

「もうお戻りになられたの？」

「はい。予定より一日早いお戻りです」

読んでいた本をサイドテーブルに置いて、ジュリアは慌てて立ち上がった。玄関までいそいそと迎えに行くと、公爵はめざとく自分を見つけて、嬉しそうに目を輝かせた。

「お帰りなさい」

駆け寄るジュリアに、公爵は大きく手を広げた。

気づけば、ジュリアは彼の腕のなかにいた。

「……私のお姫様はいい子にしていたかな？」

「そんなお姫様だなんて」

この人は一体、何をしたいのだろう？

ジュリアは、お姫様とは程遠いのに。

「私にとって、貴女はお姫様なのですよ。大切な、私の宝物だから」

ジュリアは心のなかで音《ね》を上げる。

どうして彼はこんなに恥ずかしいことを平然と言えるのだろう。

つい先日、彼と口付けを交わしたことを思い出して、恥ずかしさに頬が染まる。

「ご旅行は順調でしたか？」

照れ隠しに尋ねると、彼はとても満足そうに頷いた。

「……ええ。思った以上に上手くいきました」

「それは……よかったですね」

何か含みのある言い方だった。

窓の外を見ると日が暮れ、空が赤紫色に染まりつつある。

「とにかく、食事にしましょう。その後で貴女にお話があります」

彼はジュリアを愛おしそうに抱きしめながら、ちらりと階段の裏手に視線を向けた。

「マーカスが階段の陰でどぎまぎしていますからね。奴に仕事をさせないと、後で拗《す》ねるのですよ」

そう言って、公爵はジュリアを腕のなかから解放した。

(なんたる不覚！　魔王執事が潜《ひそ》んでいたのか!?)

本当に執事が隠れているのか、ジュリアが半信半疑で階段を眺めていると、ジョルジュがよく通る声を上げた。

「マーカス、食事の用意はできているか？」

一瞬の間が空いた後、戸惑った声が聞こえた。

「……ええ、もちろんでございますとも。旦那様」

ジョルジュが言っていたことは正しかった。やはり執事は、そこに潜《ひそ》んでいたのだ。

◇

二人で夕食を済ませた後、ジョルジュに連れられてジュリアは庭園へ散策に出た。

今はちょうど花盛りだそうで、とても素敵なのだと彼は言う。

彼の差し出す腕に、ジュリアは自分の手をそっと重ねた。

庭は闇と静寂に包まれ、穏やかで心地よい。時折、涼しい風がジュリアの頬を撫でるように通り過ぎてゆく。

空に浮かぶ銀色の月が、庭に咲くピンクの花を照らし出す。

「ほら、あれを見てご覧」

月の光に照らされた花々は幻想的で、この世のものとは思えないほど美しい。

「きれい……」

ジョルジュは、ジュリアに優しく微笑みかけた。

「ドレスの仕立ては順調？」

「ええ……あと少しで終わりそうです。それで……お話とは？」

「クレスト伯爵と貴女の結婚を、私なら白紙に戻すことができると言いましたね？」

「ええ」

「それについて、結論が出ました」

公爵は立ち止まり、ジュリアの手をとった。真剣な表情で彼女に向き直る。

彼は何を言おうとしているのか、ジュリアは固唾《かたず》を呑んで彼の言葉を待った。

「女王陛下から、この結婚を白紙撤回することにお口添えをいただけることになりました」

「女王様が⁉」

まさか……そんなことがあるなんて。

ジュリアは絶句して、月に照らされた彼の顔を見つめた。

「ええ。それと、中央教会の大司教様も、この結婚の無効を証言してくださることになりました」

「大司教様も⁉」

この国では雲の上のような存在である人達が、この結婚を無効にしてくれるというのだ。

「つまり……それは……」

「そう。貴女は最初から、クレスト伯爵とは結婚していないことになります」

「本当に？」

「もちろん。女王陛下の命令に、逆らえる者はいないでしょう。たとえそれが王太子殿下でもです」

この人は、なんて凄いことをするのだろう。

公爵は微《かす》かな笑みを口元に浮かべた。

「王宮の舞踏会の翌日、女王様が皆の前で、この結婚の無効を宣言してくださるそうです」

それを告げる彼の声は穏やかだ。

「そう、だから貴女は誰のものでもなくなる。貴女は本来の自分自身に戻れるのです」

「そうですか……」

もう自分を偽《いつわ》らなくてよくなるのは嬉しい。

それなのに、ジュリアの声は寂しげに響く。

ドレスが完成したら、すぐにでもこの公爵邸を離れなければならない。そして、舞踏会の翌日、女王陛下がこの結婚を無効と宣言する。そして、その後は……？

その後はどうなるのだろうか？

それを考えるとジュリアの胸は潰れそうに重く沈む。

この結婚が無効になれば、もう自分はチェルトベリー子爵令嬢のソフィーではない。彼に次に会うときには、ただのジュリア・フォルティスだ。

自分がソフィーだと偽《いつわ》っていたことを、彼は知ることになるだろう。

そしてジュリアがソフィーの振りをしていたことが公《おおやけ》になれば、チェルトベリー子爵家は、王族を欺《あざむ》いた罪で厳しく裁かれるはずだ。ジュリアだって当然、ただでは済むまい。

彼がどんなにジュリアを愛してくれようと、公爵家の庇護のもとにおいてくれたとしても、ジュリアと彼の間には、圧倒的な身分の差がある。

彼はこの国有数の大貴族の当主であり、自分はただの平民だ。

万が一、ジュリアの正体を知ってなお、彼が愛してくれたとしても、それが将来まで続くとは思えない。

ジョルジュは身分の高い貴族だ。だから世継ぎが必要だ。彼ほどの地位の男性なら、どこかの国の王族とか、侯爵令嬢とか、自分よりずっと優雅で美しくて、彼と釣り合うような令嬢と結ばれるだろう。

それがもし、形だけの妻であったとしても、結局ジュリアの立場は、ロベルトのもとにいるエミリーと変わらない。

所詮、ただの愛人、愛妾なのだ。

「……どうしたのですか？」

ふいに黙り込んだジュリアに、公爵が心配そうに声をかける。

「いいえ。なんでもありません」

ジュリアは、無理やり微笑みかけた。

「嘘を言ってはダメだ。私の目をごまかせるとでも？」

公爵はジュリアの頬にそっと手をあて、自分のほうへ向かせた。月明かりに照らし出されたジュリアを、彼はじっと見つめた。

「……口元に笑みは浮かんでいるが、目は悲しみに沈んでいる。その笑顔は無理に作ったものだ。違うかい？」

「気のせいです」

「気のせいなものか。貴女の目は今にも涙が零れそうだ」

「月の光のせいです。あれは、何でも悲しく見せるから」

「嘘を仰《おっしゃ》い」

彼がジュリアを強く抱きしめ、髪をそっとなでた。

悲しくなったジュリアは、彼の背にそっと腕を回し、彼の胸に頬を寄せて瞼《まぶた》を閉じた。

あとどのくらい、彼の胸のなかにいられるのだろう。

どのくらいの時間が自分たちには残されているのか。

(このまま時間が止まればいいのに)

帰りたくなかった。ここにずっといたかった。この人の傍に。この温かい胸のなかに——

「さあ、言ってごらん。どうして、そんな悲しそうな顔をしているのか……」

そう言う彼の顔は、愛情に満ちている。優しい眼差しでじっとジュリアを見つめているのだ。

「私は……」

ジュリアは彼を見つめながら、ゆっくりと口を開いた。彼にこれ以上嘘をつき続けることはできなかった。言わなければならない。自分はソフィーではないことを。

「私は……いつまでもここにはいられません」

満月が雲に隠れ、周りが暗くなる。

「……そうしたら、子爵領に戻って、きっと、そのまま……」

貴方に会いに来ることもできなくなるでしょう、と言おうとしたが、涙が零れそうになってぐっと言葉を呑み込んだ。

「……ここから帰るのが嫌なのだと、私から離れるのが寂しいのだと、自惚《うぬぼ》れてもいい？」

それを肯定するかのように、ジュリアの目からぽろりと一粒、涙が溢《あふ》れた。それは、頬を伝って、ぽたりと地面に落ちた。

「……そうなの？」

彼の問いかけに、ジュリアは無言のまま、こくりと頷いた。

「子爵領に戻ったら、もう二度と貴方には会えないでしょう」

ジュリアの声は悲しげに震える。

「どうして？」

ジュリアに問いかける公爵の声は優しく、穏やかだ。

「どうしても……です。もし、貴方に会えば、貴方も巻き込んでしまう。私の立場は複雑なのです。私は貴方に言わなくてはならないことがあるのです」

さあ、とジュリアの心のなかで促す声が聞こえる。

――言ってしまえ。

自分はソフィーではないと。

彼に愛される資格などないことを、自分の口で彼に告げるのだ。

冷酷無比に胸に響く声に従い、ジュリアが口を開こうとしたそのとき――

「私も貴女に告げなければならないことがある」

ジョルジュが、真剣な強い口調で言った。

雲の切れ間から満月が顔を出し、再び二人の顔を明るく照らし出した。

森のどこからかフクロウが鳴く声が聞こえる。

それを耳にしながらジョルジュが熱い眼差しで、じっとジュリアを見つめた。

「一目見たときから、私の心は貴女に捕らわれてしまった。貴女の美しさや気高さ、優しさに触れて、貴女を他の男に渡したくないと思った」

「ジョルジュ？」

「だから裏から手を回して、クレスト伯爵領周辺のクチュリエすべてに仕事をいれさせたのだ」

「それは……私を……？」

「貴女がここへ来なければならないように仕向けたのだ。……どうか、それを許して欲しい。私は貴女を心から愛しているのだ」

ジュリアは大きく目を開けて、彼を見つめた。

彼は慈《いつく》しむ眼差しで、じっとジュリアを見つめたままだ。

「私は、気高く、賢く、そして美しい貴女を愛してしまった。もう貴女を手放すことはできない。貴女をクレスト伯爵のもとに帰したくない。このまま、ずっと、命が尽きるまで、私と人生をともにしてもらいたいのだ」

そこで、ジュリアはやっと気づいた。

ジョルジュに求婚されているのだ、と。あのジョルジュ・ガルバーニ公爵に。

彼はジュリアの目の前で、優雅な所作で跪《ひざまず》く、そして真剣な口調で言う。

「どうか、私と結婚してほしい。私の妻になってほしいのだ」

「ダメ……それは、ダメです」

ジュリアは、咄嗟《とっさ》に彼の申し出を拒絶した。

「何故？」

だって、と、ジュリアは彼を見つめた。

今、彼がプロポーズしているのは、ソフィー・チェルトベリー子爵令嬢であって、ジュリア・フォルティスではない。

「……私は貴方の奥様にふさわしくない。貴方に釣り合う身分ではないのです」

そもそも彼とは住む世界が違う。

「……そんなことはどうでもいいんだ。身分など、どうでもいい。どうしても私は貴女が欲しい」

ジョルジュは再び立ち上がると、ジュリアを抱き寄せ、苦しげに声をあげた。そんな彼の甘く切ない声が、かえってジュリアを苦しめる。

「無理なものは無理なのです。この結婚が無効になったら、貴方と会えなくなるかもしれない。ましてや、結婚なんて絶対に無理です」

ジュリアは半ば叫ぶように言って、ジョルジュの手をふりほどこうとした。

辛かった。

自分が貴族ではないこと、ソフィーではないこと。

それでも自分はそれを彼に告げなくてはならないのだ。自分の口で、自分の意志で。

——ああ、いっそ逃げ出してしまいたい。

悲しみに胸が潰れて、ジュリアはジョルジュの腕のなかでもがいた。

それがこんなにも苦しいなんて。こんなにも彼を愛しているのに。こんなにも彼を大切に思っているのに。

「お願い、もう行かせてください。だって……私は……」

ソフィーじゃない。子爵令嬢じゃない。貴方に愛されていい身分ではない。

悲しみに押しつぶされそうな気持ちで、ジュリアはあえいだ。もがくようなジュリアの抵抗をものともせず、ジョルジュはさらに強く彼女を抱きしめた。

「ジュリア！　もういい。君は、もう、無理しなくていいんだ！」

彼が切なげに叫んだ言葉に、何かが引っかかった気がして、ジュリアは一瞬身を硬くした。

「……今なんて？」

彼は今、「ジュリア」と呼ばなかったか？

驚いてジョルジュの顔を見上げる。

「ジュリア、私は全てを知っている。もう貴女は本当の自分に戻っていいんだ」

ジュリアは青い瞳を大きく開けて、息を呑んだ。

「私の名を……知って……いたのですか？」

「ああ、最初からね」

彼がにっこりと笑う。

「最初から全て知っていたよ。貴女がソフィー・チェルトベリーではなく、ジュリア・フォルティスであることもね」

「どうして……？」

ジュリアは呆然としたまま、ジョルジュを見つめた。

最初から、彼は自分のことを知っていた？　一体、どうして？

「ずっと昔に……貴女はこの屋敷に来たことがあるんだよ。そう、父上と母上と一緒にね」

「私が？」

思いがけないジョルジュの言葉に、ジュリアは一瞬言葉を失った。

「ああ、貴女は小さかったから覚えていないだろうけど」

「どうして……。——父を知っているのですか？　父はどんな人だったのですか？」

「彼は、誰もが認める素晴らしい騎士だったよ。強靱で崇高な精神の持ち主だった。我がガルバー二家とも交流があったんだ」

「私……父の顔すら覚えていなくて……」

ジュリアは寂しそうに言った後、彼をしっかりと見つめた。

「だったら、なおさら、私が庶子であることをご存じのはず」

ジュリアの言葉に、ジョルジュは由緒ある公爵家の当主らしく堂々とした笑みを浮かべた。

「身分のことについては、貴女が心配する必要はない。どんなことをしても、私は貴女を正式な妻として迎えてみせる」

それでもジュリアの顔に浮かぶ不安の色を、ジョルジュは見逃さなかったようだ。

「私の言うことが信じられない？」

ジュリアは無言で彼を見つめたが、その目に浮かんだ表情から、彼は答えを察したらしい。

「どうやら、私はまだ貴女を説得しきれていないようだ」

穏やかにそう言って、ジョルジュはジュリアに、ベンチに座るように勧めた。そして、ジュリアの肩を抱いて優しく諭すような口調で話し始めた。ジュリアも彼の肩に頭をもたれかけ、じっと彼の話に耳を傾ける。

「あの結婚式のときのことだ。——貴女は覚えている？　教会の礼拝堂で貴女は花嫁衣装を着て、まるで趣味の悪い見世物のように、好奇の目に晒されていたね。それにじっと堪えていた貴女を見て、私は心のなかでこう考えていたのだ。もし、あの誇り高いマクナム将軍が存命であれば、と。彼が生きていれば、貴女はこんな風に生け贄《にえ》として差し出されることはなかったはずだ」

そして、ジョルジュは一度、言葉を切った。

「貴女の目は悲しみを湛《たた》えていたのに、それでも顔はしっかりと上げていたね。純白の花嫁衣装を身につけて私に向かってきたあなたの姿を、今でもはっきりと覚えている。貴女が私に向けた笑顔が、私には泣き顔に見えてね。それがとてもいじらしくて、どうにかして貴女の悲しみを和らげてあげたいと願った」

彼の一言一言が、ジュリアの胸に刻みつけられた傷を癒すかのように優しく響く。

彼はそこまで自分のことを愛してくれていた。ジュリアの目尻に涙が滲《にじ》んだ。

その涙をジョルジュがそっと指で拭《ぬぐ》ってくれた。ほんの少しの間、彼は口を閉じていたが、ジュリアが落ち着くのを待って再び話し始めた。

「あなたと再び出会ってから本物の愛情が芽生えるまで、さほど時間はかからなかった。貴女をこの屋敷に連れて来て少し時が経ったころには、私はもう貴女が愛おしくて仕方がなかった。けれども貴女は、なかなか打ち解けてくれなかったね？　最後には、私は貴女を抱きしめたくて仕方がなかったというのに」

彼の端整な顔に、溢《あふ》れんばかりの情熱が浮かんでいる。

ジョルジュはしっかりとジュリアを見つめ、力強い口調で言う。

「だから、結婚しようとしまいと、私の心はもうすでに貴女のものだ。私はもう貴女にすっかり夢中なんだ。私の愛を疑うようなことはせずに、私を信じてほしい。ジュリア、私といる限り、貴女が憂《うれ》うことなど何一つない。貴女が心配するのは身分の問題だけ？　それとも、私なんかとは結婚したくない？」

ドキリと心臓が打つ。ジュリアは、咄嗟《とっさ》に声をあげた。

「そんな！　私が貴方との結婚を望まないなんてことがあると思うのですか？」

ここまで彼に愛されていて、他に何をためらうことがあるのか。

それがあまりに幸せすぎて、自分は、夢を見ているのではないかと思う。

「ほんとうに……本当に私でよいのですか？」

「私の妻となるのに、貴女以上にふさわしい人がいるだろうか？　貴女はこれほどまでに気高く、優しい人だというのに」

ここまで誠実な愛情を重ねてくれる彼に、一体、これ以上何を期待しろというのだろうか。

「……私が貴方にふさわしいと仰《おっしゃ》るのでしたら、このお話を受けさせていただきます」

その瞬間、彼は満面の笑みを浮かべた。

「貴女が私の妻になる。ああ、その日がとても待ちきれない」

ジョルジュ・フランシス・ガルバーニ公爵が、ジュリアの夫となるのだ。

そして、ジョルジュは弾《はず》んだ声で、言葉を続けた。

「貴女の身分の問題が片付いたら、さっさと式を挙げて、蜜月旅行に出かけよう。公爵家はここの他にも荘園を所有しているのだよ。そのなかには、美しい湖の傍の屋敷もある」

公爵家が所有する土地や屋敷は、各地にあるのだそうだ。それを一つ一つ見せてあげたいと彼は言う。

彼の幸せそうな言葉を聞きながら、ジュリアは、まだ頭がぼんやりしているような気がした。これは全部、本当のことだろうか？

「貴女が公爵夫人になるための準備もしてあげなくては。たくさんの宝石や毛皮、ドレスも必要だね。貴女が欲しいものは何でも手にいれよう。貴女は私の妻になるのだから」

庶民とした育ったジュリアが、国の筆頭貴族当主の妻となるなんて。事の成り行きに、まだ実感がわかず、ジュリアはおぼつかない様子でジョルジュを見つめた。

「あまり……甘やかさないで。そんなにたくさんのものはいりません」

そう、ジュリアにとっては、彼と一緒にいられさえすればいいのだ。そんなジュリアを、彼は慈《いつく》しむように見つめた。

「……本来ならマクナム伯爵家から貴女に与えられるべきだった庇護の分も含めて、私は貴女をとても甘やかしたい気分なのだ。あの気高きリチャード・マクナムの唯一の娘である貴女が、まるで使用人のように劣悪な環境にあったことだけでも耐えがたいのに、ましてや、愛人がいるような男に嫁《とつ》がされるなどあるまじきことだ。優しく気高い貴女はそんな扱いに値する人間ではない。貴女はもっと敬意を払われ、大切にされるべき人だ」

きっと、子供のころジュリアが子爵領でどう扱われていたのかも、彼は知っているのだろう。

「私が貴女のことをもっと早く知っていれば、貴女はこんな状況にはならなかった。もっと早くに公爵家の庇護の下におくべきだった」

それをとても悔やんでいる、と彼は悔しそうに言った。

「私の言うことが、まだ信じられない？」

ジュリアの顔に表れた不安の色を、彼は読み取ったようだ。

「……ええ。なんだか夢を見ているようで」

「きっとすぐに実感できる。君なら大丈夫だ」

励ますように言い、ジュリアの唇にそっと自分のそれを重ねる。

「結婚したら、すぐに子供ができるだろう……。待ちきれないな」

私が子煩悩だと知ってた？　と、彼は目尻に皺《しわ》を寄せて笑った。

彼の笑顔がとても愛おしくて、ジュリアはひっそりと幸せそうな笑みを浮かべる。

彼がまた、口付けを繰り返した。彼の眼差し、吐息は、まるで甘い麻薬のようだ。口付けの合間にジュリアがそっと唇を開くと、大人の口付けが彼女を待ち構えていた。

「ああ……」

思わず甘いうめき声を上げると、彼は艶っぽく微笑む。

「そう……深い悦楽も、貴女が知ることがなかった世界も、貴女の夫として、私は教えてあげることができる……」

「あ……」

これから時間はたっぷりある——そう耳元で甘く囁《ささや》き、ジュリアの繊細な喉元に唇をよせた。

首筋を伝わる彼の唇の感触に、ジュリアは、胸がジンと甘く痺《しび》れるのを感じた。彼の形のよい指が体の線に沿って滑る。

「……まだ貴女が知らない悦《よろこ》びがある。それを私が一つずつ、丁寧に時間をかけて、ゆっくりと教えてあげよう」

彼の指先にこめられた意図を察して、ジュリアの体が甘く疼《うず》く。

彼の愛撫にうっとりと流され、ゆったりとしたため息をつきながら。

ふと空を見上げると、銀色の月と、たくさんの星々が美しく輝いていた。

ジュリアは、心から幸せに浸《ひた》り、目を閉じて彼の愛撫に身を任せた。

◇

ジョルジュがジュリアに愛の告白をした翌朝、彼はさっそく執事を自分の執務室へと呼んだ。執事に、ジュリアの本当の名を告げると言う。

ジュリアはジョルジュの隣に座り、ドキドキしながら二人の様子を眺めていた。

「マーカス、ここにいるソフィー・クレスト伯爵夫人が実は本物でなかったと聞いたら、君はどんな顔をするかな？」

ジョルジュが悪戯《いたずら》っぽく笑って切り出すと、マーカスは困惑した表情を浮かべた。

「……ジョルジュ様、年のせいでしょうか。ソフィー様が本物ではないと聞こえた気がしたのですが？」

「その通りだよ、マーカス。ここにいるのは、ソフィー嬢ではなく、ジュリア・フォルティス嬢だ」

「それは……もしかして、別人がソフィー様の名を騙《かた》って、クレスト伯爵家に嫁《とつ》いだということですか？」

驚く執事に、ジョルジュがほがらかに言う。

「ああ。全く、その通りだ」

ほんの少しの沈黙の後、執事は納得のいかない顔をして言った。

「マダムは、マクナム様の血を引くお方のようにお見受けしますが？」

そんな執事に、ジョルジュは茶化すように言った。

「その通りだ。なかなか察しがいいじゃないか、マーカス」

ジョルジュの言葉に、マーカスは少し気を悪くしたようだ。

「旦那様、私をからかうのはおやめくださいまし」

「この女性に見覚えがないか？　二十五年前にこの屋敷に来ていたと思うが？」

ジョルジュの言葉に、執事は驚いた様子で改めてジュリアをまじまじと見つめた。

「まさか。マクナム様のお嬢様ですか？」

「その通りだよ、マーカス。彼女はリチャード・マクナム卿の一人娘だ」

「ああ、なんということでしょう。この私がそれに気がつかなかったとは！」

一生の不覚と言わんばかりに声を上げた執事は、すぐにジュリアに向き直った。やっと執事のなかで、主《あるじ》の一連の行動がすべてつながったようだ。

「では、改めてジュリア様と、お呼びしてもよろしいのでしょうか？」

気をとり直して、執事は主《あるじ》に聞く。

「いや、まだ対外的には、ソフィーと呼ぶべきだな。けれどこの屋敷のなかでは、ジュリアと呼んで構わない」

「そうでございましたか。マクナム様にうり二つであられましたから、偶然以上の何かがあったと思いましたがね」

あくまでも礼儀を崩さないマーカスの前で、ジョルジュはジュリアの手を取り、幸せそうな顔を見せた。

「もう一つ、伝えておくべきことがある」

「はい、なんでしょうか。旦那様」

「私とジュリアは結婚することに決めた」

爆弾発言だったはずが、マーカスの顔には満面の笑みが浮かんだ。

「なんだ。驚くかと思ったんだがな」

悪戯《いたずら》がうまくいかず、肩すかしを食らったような顔をするジョルジュに、執事が確信に満ちた声で言った。

「最初から、私はこうなるんじゃないかと思っておりました。おめでとうございます、旦那様」

◇

「じゃあジュリア、気をつけて」

従者たちが慌ただしく馬車にジュリアの荷物を積み込むなか、二人は公爵邸の玄関に立っていた。

背後には、執事のマーカスも静かに控えている。

舞踏会へ出向くために、ジュリアは一旦、クレスト伯爵邸に戻らなければならない。

ジョルジュと結婚の約束をしているとはいえ、まだジュリアの身分はクレスト伯爵夫人だ。

束の間の別れを前に、ジュリアは寂しさをこらえ公爵に向き合う。

「ジョルジュ、いろいろとありがとう」

「お礼を言うには早すぎるよ。私たちの人生はまだ始まったばかりだからね」

ジョルジュが熱い瞳でジュリアを見つめて、その頬に片手を添えた。自分に触れる彼の手がとても優しい。

「今度会うときには、君はもうジュリア・フォルティスではなく、ジュリア・マルティーナ・アルデミア侯爵令嬢だよ。私の婚約者のね？」

ジョルジュが悪戯《いたずら》っぽく目を細めて笑う。その表情は幸せそうで、それを見ているだけで、ジュリアもまた幸せで胸がいっぱいになる。

彼に告白され、お互いの思いを確かめあってからというもの、二人の仲は飛躍的に深まっていた。

ジョルジュは公務に忙殺されつつも、以前にもまして、ジュリアと過ごす時間を大切にしていた。

あのブラック執事のマーカスが二人の熱い現場を目撃してドギマギすることも、もうすっかり日常の光景となっている。

ジョルジュとの結婚に向けた準備も、着々と進められていた。

ジュリアの名前が変わるというのも、その一つだ。

二人の身分差を心配するジュリアに、ジョルジュはそんなの簡単なことだと言って笑った。

貴族同士でなければ結婚できないのなら、ジュリアがどこかの貴族と養子縁組をすればいいだけのことだ、と。爵位の高い貴族に養子に入れば、ジョルジュと結ばれるのに全く問題はない。

「でも今度の舞踏会に私が出たら、顔が知られてしまうのではないですか？」

ジュリアが、当然の疑問を彼にぶつけると、彼はそんなことは全く気にしていないと言う。

「そもそも、ガルバーニ家は表に出ない家系だからね。ガルバーニ家の秘密主義は今に始まったことではないよ。ガルバーニ家の当主が舞踏会を含めた公《おおやけ》の式典に姿を見せたのは、確か百二十年前くらいだったかな。それ以来、一度もないんだ。この間の貴女との結婚式は、例外中の例外だ」

執務や宮廷の仕事では、公爵家当主であるジョルジュが王族を含め国の重鎮《じゅうちん》たちとも顔を合わせることはあるけれども、公爵夫人は自ら出向かない限り、そんなことはないから大丈夫、とジョルジュは笑う。

ジュリアは、そんな彼にもう一つの疑問を投げかけた。

「アルデミア侯爵家はよく同意しましたね？」

ジュリアの言葉に、ジョルジュはふふ、と口元に含み笑いを浮かべた。

「ガルバーニ公爵家の願いを無下《むげ》にするほど、彼らは無粋ではないからね」

「本当に上手くいくでしょうか？」

不安な様子を見せるジュリアを、ジョルジュがそっと抱き寄せる。彼の体温を感じ、ジュリアは甘えるように、彼の胸のなかに顔をうずめた。

「私を信じて、ジュリア。大丈夫。何もかも上手くいかせてみせる」

そんな彼を信じなくてどうするのか。

彼は聡明で、利発で、そして、機転が利く人だ。身分の問題なんか、きっと簡単に片付けてしまうだろう。

従者たちの準備がそろそろ完了する。その気配を感じて、ジュリアの胸が悲しみで曇った。

もうすぐ出立しなければならない。クレスト伯爵夫人として舞踏会に出るために――。伯爵領へ行き、そこでロベルトと合流して一緒に宮廷へと向かうのだ。

しばらくの間、ジョルジュとはお別れだ。そう思うと、ジュリアの胸のなかに寂しさが募《つの》る。

そんなジュリアの気持ちを、ジョルジュは察したようだ。

「私に会えなくなるのが寂しい？」

「ええ……それに、上手くいくかどうか心配で」

「ジュリア、君が憂《うれ》うことは何一つない。もし仮に予想外のことが起きたとしても、私は何にかえても君を守る」

ジョルジュは微笑みを浮かべて、自然な仕草でジュリアに口付けを落とす。それはもう日常の光景になっていた。

まだ非公式ではあるが、彼はジュリアの婚約者なのだ。

彼はもう自分のことをソフィーとは呼ばない。彼から「ジュリア」と呼ばれるのが、心地いい。

宮廷の舞踏会に行き、その翌日に、女王陛下によってクレスト伯爵家との結婚に終止符を打たれることになっている。女王陛下がこの結婚が無効であると宣言しさえすれば、ジュリアは晴れて自由の身となるのだ。

そして、近いうちに、ジュリアは名実ともに彼の本当の花嫁となる。

――ジョルジュ・フランシス・ガルバーニ公爵の妻になるのだ。

心の底から幸せを感じて、ジュリアはひっそりと口元に笑みを浮かべる。

「そう。そんな風に笑うのが君には似合っているよ」

ジョルジュもジュリアが何を考えているのかわかったようだ。

それで……とジョルジュが懐《ふところ》から何か取り出した。そこには、黒いビロードに包まれた一対の指輪があった。

「この指輪は？　……とても綺麗ですね」

その片方を渡されたジュリアがしげしげと眺める。綺麗な紫色の石がはめ込まれた指輪の台の部分には、竜が月桂樹に絡みつくような文様が刻み込まれている。

紫色の石が太陽光を反射し、きらりと光る。きれいな指輪だな、とジュリアは心の底から感心した。

「ガルバーニ家の文様だ。我が家の直系のものはこれを身につける伝統になっていてね」

結婚式の後でも構わないのだけれど、できるだけ、早く貴女に渡したかった――と微笑む彼が、それをそっとジュリアの指にはめる。指輪は、ジュリアの指にぴったりと収まった。

「まだこれを指につけるのは早いかもしれませんね」

ジュリアがガルバーニ家の文様のついた指輪をつけていることが知られたら、いろいろ詮索《せんさく》されるかもしれない。

「だから、いいことを考えついたんだ。ほら、これをご覧」

彼が取り出したのは金の鎖のネックレスだ。ジュリアが指輪をはずして彼に渡すと、公爵は鎖を指輪に通してくれた。

「婚約を正式に発表するまで、首からかけておくといい。式は三ヶ月後だ」

「そんなに早く式が挙げられるのですか？」

「ああ。それでも待ちきれない」

そう言いながら、ジョルジュはジュリアの首にネックレスをかけようとする。ジュリアは髪をうなじの上にあげ、彼がネックレスを留めてくれるのを大人しく待った。

「ほら、できた」

ジョルジュが満足そうに微笑む。

今すぐにでも君を食べてしまいたい……と耳元で囁《ささや》き、ジョルジュはジュリアのうなじに唇を寄せた。そしてうなじから耳の後ろに向けて、丁寧に口付けをする。

「ふふ、ジョルジュ、くすぐったい」

ジュリアが笑うと、彼もまた悪戯《いたずら》っぽい微笑みを浮かべた。

「……結婚式が待ち遠しいな」

「ごほん、けほん……」

突然、後ろに立っている執事の咳払いが聞こえた。

それを耳にしたジョルジュが、おやおやという風に、片眉をぴくりとあげる。

「我が家の執事は気に入らないようだが？」

「旦那様、そのようなことは結婚してからお楽しみください」

ジョルジュの言っていた言葉の意味がジュリアにもやっとわかり、ジュリアは真っ赤になってジョルジュを見つめた。

「やっとわかった？」

意味ありげな流し目を向けられ、思わずうろたえる。

「そ、その……あの……」

「早く子供がほしいな」

ジョルジュが甘く熱のこもった目でジュリアを見つめ、後ろから抱きしめる。胸の前に彼の両手が回され、首筋にそっと唇が這《は》うのを感じて、ジュリアの背筋にぞくっとしたものが走った。それでも、なんとか口を開いた。

「そうですね。子供は……ほしいですね」

「たくさんほしいな……そう……何人でも」

また彼の変なスイッチが入ったようだ。

背後には、ブラック執事が控えている。それをジョルジュはすっかり忘れているのか、はたまた最初から全く気にしていないのか。

しかしジュリアには、背後の執事をいなかったことにするという選択肢はない。

「旦那様、出発の準備が整いました」

従僕《じゅうぼく》が告げると、やっとジョルジュから解放された。

「離れている間も、機会を作って必ず会いに行くよ」

彼が口元に優しく微笑みを浮かべて言う。

ジョルジュは貴婦人にするように丁寧な仕草で、ジュリアが馬車に乗り込むのを手伝ってくれた。

（もう出発なのか……）

ジュリアは、後ろ髪を引かれるような気持ちで窓を開けた。外には、寂しげな表情で自分を見送るジョルジュと執事のマーカスがいる。

寂しい気持ちを紛らわすかのように、ジュリアはジョルジュがくれた指輪をぎゅっと握りしめた。

女王陛下が結婚無効の宣言をしたら、すぐに彼が迎えに来ると言っていた。だから、ほんの少し我慢をするだけだ。

結婚の無効宣言の後、すぐにアルデミア侯爵家の養女になる手続きが進む予定になっている。しかしそれは、あくまでも書類上のことだ。結婚式を挙げるまで待ちきれないと主張するジョルジュに負けて、ジュリアは式の前から、彼とともに公爵邸で暮らすことになっている。

侯爵家と養女の縁組みの手続きが終われば、そのまま侯爵令嬢としてジョルジュと結婚式を挙げるのだ。

もうすぐ自分が心から愛する人と結ばれる。それがどんなに幸せなことなのか、今のジュリアは知っている。

目の前に広がる幸せな未来に思いをはせながら、ジュリアは窓の向こうのジョルジュに手を振った。

馬車はゆっくりと進み始めた。

RC Regina COMICS
大好評発売中!!
原作＝斎木リコ Riko Saiki
漫画＝藤丸豆ノ介 Mamenosuke Fujimaru
シリーズ累計11万部突破!!
今度こそ幸せになります! 1~2
異色の転生ファンタジー
待望のコミカライズ!!
「待っていてくれ、ルイザ」。勇者に選ばれた恋人・グレアムはそう言って魔王討伐に旅立ちました。でも、待つ気はさらさらありません。実は、私ことルイザには前世が三回あり、三回とも恋人の勇者に裏切られたんです！ だから四度目の今世はもう勇者なんて待たず、自力で絶対に幸せになってみせます――！
アルファポリスWebサイトにて
好評連載中!!
四度目の人生はもう勇者なんか待たない
勇者との幸せはまだ遠い!?
アルファポリス 漫画 検索
B6判 / 各定価:本体680円+税

この作品に対する皆様のご意見・ご感想をお待ちしております。
おハガキ・お手紙は以下の宛先にお送りください。

【宛先】
〒 150-6005 東京都渋谷区恵比寿 4-20-3 恵比寿ｶﾞｰﾃﾞﾝﾌﾟﾚｲｽﾀﾜｰ 5F
（株）アルファポリス　書籍感想係

メールフォームでのご意見・ご感想は右のＱＲコードから、
あるいは以下のワードで検索をかけてください。

アルファポリス　書籍の感想　検索

ご感想はこちらから

本書は、「アルファポリス」（http://www.alphapolis.co.jp/）に掲載されていたものを、
改稿、加筆のうえ、書籍化したものです。

偽《いつわ》りの花嫁《はなよめ》は貴公子《きこうし》の腕《うで》の中《なか》に落《お》ちる

中村まり（なかむらまり）

2018年 12月 31日初版発行

編集－城間順子・宮田可南子
編集長－塙綾子
発行者－梶本雄介
発行所－株式会社アルファポリス
〒150-6005 東京都渋谷区恵比寿4-20-3 恵比寿ｶﾞｰﾃﾞﾝﾌﾟﾚｲｽﾀﾜｰ5F
TEL 03-6277-1601（営業） 03-6277-1602（編集）
URL http://www.alphapolis.co.jp/
発売元－株式会社星雲社
〒112-0005 東京都文京区水道1-3-30
TEL 03-3868-3275
装丁イラスト－すがはら竜
装丁デザイン－ansyyqdesign
印刷－中央精版印刷株式会社

価格はカバーに表示されてあります。
落丁乱丁の場合はアルファポリスまでご連絡ください。
送料は小社負担でお取り替えします。

ISBN978-4-434-25486-4 C0093